T0294025

La canción de Shao Li

*Para Natalia, Silvia
y Aitor (Airon)*

Editorial Bambú es un sello
de Editorial Casals, SA

© 2009, Marisol Ortiz de Zárate
© 2009, Editorial Casals, SA
Tel. 902 107 007
editorialbambu.com
bambulector.com

Diseño de la colección: Miquel Puig
Ilustración de cubierta: Arnal Ballester

Decimotercera edición: enero de 2019
ISBN: 978-84-8343-058-3
Depósito legal: M-13.395-2011
Printed in Spain
Impreso en Anzos, SL, Fuenlabrada (Madrid)

La canción de Shao Li
Marisol Ortiz de Zárate

bambú
EDITORIAL

No te saltes esto

Hace algún tiempo, conocí de forma casual a una muchachita muy especial llamada Natalia. Cómo la conocí es algo que no tiene ningún interés y se aleja de lo que de verdad me he propuesto contaros, pero el caso es que esta muchachita se enteró, también de forma casual, de mi oficio, y en cuanto hubimos intimado un poco me saltó:

–Tú, que eres escritora e inventas historias para niños, deberías contar un caso real: lo que nos ocurrió hace unos años en Londres a mi hermano y a mí, cuando todavía éramos pequeños.

–¿En serio? –dije yo. La verdad es que en la época a la que me refiero me encontraba en una etapa de sequía creativa y aunque siempre se ha dicho que muchos sucesos reales son más increíbles que la mayoría de los inventados, yo no acababa de estar de acuerdo con ello. La imaginación es la imaginación, y nadie le pone puertas, no tiene límites. Aún así quise escuchar a Natalia. Ya he dicho que por entonces andaba un poco escasa de ideas, y pensé que tal vez no me vendría mal una pequeña ayuda. Le contesté que de acuerdo, y quedamos en vernos al día siguiente en mi casa.

La muchachita a la que muchos llamaban Nata, se dispuso a hablar. Estábamos sentadas al calor de un radiador en la salita pequeña, donde recibo a las visitas de confianza, delante de dos tazones de chocolate caliente, su bebida predilecta. Nadie nos molestaba ya que, como vivo sola, nadie nos podía molestar. Solo de vez en cuando el agradable piar de Rita, mi periquito azul, nos devolvía al presente, pues desde que Natalia comenzó el relato, yo, por mi parte, me encontraba en Londres, transportada en el tiempo a unos años atrás, cuando sucedió todo aquello que la muchachita contaba. ¡Y cómo lo contaba! Tenía una voz tan templada y tan dulce que era una delicia escucharla. Se expresaba con claridad y corrección. Yo era toda oídos. Cuando terminó, aún tardé unos minutos en reaccionar y sospecho que mi expresión debía parecerse a la de un pájaro bobo. ¡Qué asombrosa historia! Y me la acababa de regalar, sin pedirme nada a cambio. Realmente la frase popular tantas veces oída tenía fundamento: en muchos casos, la realidad supera a la ficción.

–Escribe esta historia –insistió Natalia–; los niños tienen derecho a saber hasta dónde pueden llegar los adultos por...

Y lo siento, no puedo terminar la frase que ella dijo. Eso supondría desvelar el final, y por lo tanto, arruinar el interés del relato.

Ni que decir tiene que inmediatamente me puse manos a la obra. Ardía en deseos de dar forma escrita a las palabras de Natalia. Pero no iba a resultar tan fácil; un gran miedo a no estar a la altura de lo que ella esperaba de mí me asaltaba, y durante semanas enteras navegué por mares de indecisiones y de dudas. La verdad es que tenía pavor a defraudarla. Si por aquel tiempo mi imaginación estaba de vacaciones, tengo que admitir que también mi talento literario lo estaba.

Al final lo conseguí (¿lo conseguí?), o lo terminé al menos. No he dado a leer el manuscrito a Natalia y ella lo descubrirá a la vez que vosotros, queridos lectores. Calculo que los hechos sucedieron hacia el año... a ver... cuando Natalia estuvo en mi casa tendría más o menos dieciocho o diecinueve años... en Londres era una niña de doce años... luego si a diecinueve le quitamos doce... da siete... y a 2025 le quitamos siete...

Bueno, aquello ocurrió aproximadamente en el año 2018 de nuestra era, en Londres, durante los días de Navidad de un invierno que, por gélido, ha pasado a la historia...

Capítulo 1

Todo comenzó por un programa de televisión. Y comenzó un día por la tarde, martes, o miércoles, en que Natalia, junto a su familia, pasaba el rato en el cuarto de la televisión. Que estuvieran juntos los cuatro (Yubire, Vlado, el pequeño Airon y ella) era una rara circunstancia ya que Yubire, la madre, no paraba mucho en casa. Pero aquella tarde atendía con interés cierto programa arrellanada en el viejo sofá malva, entre miles de cojines, y descansaba las piernas sobre una silla de escay marrón. Vlado, junto a ella, también miraba la televisión y los niños jugaban a los garajes en el suelo. Parecían una familia feliz, y seguramente lo eran. Yubire y Vlado descascarillaban con rapidez pipas de girasol y bebían coca-cola en grandes vasos de plástico. Era verano y por la ventana completamente abierta se colaban los últimos restos de sol.

En la pantalla, un hombre charlatán de poblado bigote planchado llamaba la atención de Yubire. Hablaba sonriente dirigiéndose a la cámara y el bigote se movía al compás de los labios como un caballito de feria. Llevaba corbata ancha sobre camisa de gruesas rayas oblicuas y la americana que vestía proyectaba destellos de color azul.

–Oh, *scumpa mea* –protestó Vlado–, cambia la canal, este hombrrre habrrra demasiado. Me enloquece...

Uy, perdón. Aún no he presentado a Vlado.

Vlado era el hombre que últimamente más rato pasaba con ellos, un personaje amable y desinteresado que, en realidad, hacía poco ruido. No era el padre de los niños. El padre verdadero había salido una noche a beber un trago con los amigos y aún no había regresado. No era la primera vez que lo hacía pero aunque podía estar fuera de casa semanas o meses, al final siempre volvía. Esta vez era diferente, faltaba desde antes que naciera Airon y Yubire ya no lo esperaba. Así que estaba sola. Hasta que apareció Vlado. Vlado quiere decir Vladimir, o Vladislavo, o Vladoberto, pero cualquiera de esos nombres era demasiado largo para pronunciarlo entero. Por eso para todos siempre fue Vlado. Por su parte, Vlado llamaba a la madre Iubire... o Yubire (Yubire esto, Yubire lo otro...), que no era su nombre ni nada que se le pareciera pero que algo quería decir en su idioma. Porque Vlado era extranjero. Venía de un país muy frío donde el invierno duraba diez meses y no terminaba de acostumbrarse a la temperatura de aquí. Por eso no trabajaba. En verano sobre todo, nuestro clima caluroso le ahogaba y además le producía somnolencia crónica y total.

–Calla, que no oigo –respondió Yubire. Había dejado de triturar pipas y sin perder de vista al presentador, tomó un pedazo de papel y un bolígrafo para apuntar la dirección que en esos momentos daba para todos los telespectadores. Luego se dirigió a Natalia:

–Nata, cariño, ¿has oído? Piden niños para *Un minuto de gloria.*

–Y a mi qué –respondió Natalia acoplando en la plataforma elevadora del garaje un pequeño Chevrolet rojo fuego al que le faltaban dos ruedas. Mientras, su hermanito Airon alineaba filas de coches; unos aquí, esperando ser revisados por la mecánico Natalia, otros allá, aparcados. Y alguno más acullá, a la cola del tren de lavado.

Aquel martes o miércoles por la tarde, el programa *Un minuto de gloria* solicitaba niños que quisieran acudir a él. No era lo habitual, normalmente solo asistían adultos y que pudieran ir niños constituía una rara excepción. De tontos sería desaprovecharla. *Un minuto de gloria* tenía mucha audiencia, lo anunciaban como el programa estrella de la televisión. El planteamiento era sencillo: los concursantes elegidos mostraban en pantalla aquellas cosas que mejor supieran hacer. A menudo las cámaras de televisión seguían al aspirante a famoso hasta su casa, a su lugar de trabajo, al club donde se reunía con los amigos, al parque donde paseaba a los niños, y entonces el concursante chorreaba intimidades por la boca como si fuera un grifo sin cerrar.

Nada original. Un programa más. En realidad un producto bastante explotado.

–Nata, tesoro –insistió Yubire–, es para un especial de Navidad. Esta vez piden niños...

–Pues que pidan.

–Podrías cantar esa canción en chino que te sale tan bien...

–¿Qué? Ni hablar.

–Y en Londres, hija, el especial se grabará nada menos en Londres...

–Como si se graba en Cuba.

–Viajaríamos a Londres... los cuatro... ¡Ay! Me muero por conocer Londres.

–No.

–Ganaríamos dinero... bastante...

–Que no.

–... Y luego, después del programa nos llevarían a todos a cenar, lo ha dicho el presentador, una suculenta cena de Nochebuena con todo tipo de manjares, deliciosa... calentita...

Natalia levantó la vista del garaje y soltó una exclamación: «¡Calentita! ¡Humm!». Natalia adoraba la comida caliente; más que adorar, era su debilidad: una sopa humeante, un filete bien tostadito, patatas fritas que te quemaran la boca... Yubire siempre estaba demasiado ocupada como para cocinar, o no tenía ganas de hacerlo, o cocinaba antes de marcharse a trabajar y Natalia solía tomar los alimentos fríos. Sabía que una niña no puede andar con fuego, y encender la cocina de gas estando sola en casa era algo superprohibido. ¿El microondas? Hacía tiempo que se había estropeado y Yubire siempre se olvidaba de comprar otro. En cuanto a Vlado, que no vivía en casa de manera habitual, tampoco suponía gran ayuda; ya he dicho que era bastante desinteresado, y tan terriblemente flaco que solo muy rara vez comía. En realidad era tan flaco que casi «no era».

Yubire entre tanto ya había decidido presentar a Natalia al especial navideño de *Un minuto de gloria* aunque no ignoraba que sería difícil que la llamaran precisamente a ella porque ¿cuántos niños o cuántas madres de niños habrían tenido la misma idea? Y lo había decidido por dos razones: quería viajar a Londres, su sueño desde siempre, y quería el dinero que recibirían si Natalia resultaba elegida para la emisión. No era lo que se dice una «perfeccionista», pero que su viejo piso necesitaba una reforma era algo evidente. Asimismo ciertos muebles de la casa (como su cama, que solo tenía tres patas y la cuarta había sido reemplazada por un cajón de madera, o el armario de los niños, desde hacía mucho sin puertas) pedían a gritos una renovación. En el baño, la cisterna perdía agua y la ducha, salpicada de herrumbre y corroída, se resistía a la limpieza más elemental. Además, el lavabo goteaba y al hacerlo cantaba chop-chop.

Así que mandó por correo electrónico, resumidos y en nombre de su hija, los doce años de vida de Natalia, con una foto actual de la niña y no olvidó señalar que sabía cantar en auténtico chino mandarín una preciosa canción. Ya estaba. Se frotó las manos ilusionada y a partir de aquel día vivió esperando una contestación.

La contestación llegó unas semanas más tarde, tal vez un mes, cuando Natalia había perdido todas las esperanzas de que eso sucediera y cuando Yubire ya no se lanzaba a cualquier hora, frenética de impaciencia, a mirar el correo en el ordenador. Y llegó en forma de carta, en un sobre rectangular de proporciones más que regulares. Todo él estaba lleno de letras: letras grandes, pequeñas, letras enredadas, rojas, violetas, letras que formaban palabras y frases bastante ilegibles. Pero la dirección y el destinatario se leían claros y negros, con correctos caracteres impresos:

NATALIA TAL Y CUAL
CALLE DE LOS CURTIDORES NÚMERO 5   PISO 1.º
UNA CIUDAD CUALQUIERA – DISTRITO XXXXX

Y esa, sin duda, era ella.

Por poco se pegan por abrirla. Dentro venía la carta, un pliego de un delicado color amarillo verano, precioso. Ya casi nadie enviaba cartas. Olía a madera de árbol, padre del papel. En ella invitaban a Natalia y a su familia a acudir al especial navideño de *Un minuto de gloria* que se grabaría en Londres, durante las próximas navidades, en los estudios de la BALLOON'S INTERNATIONAL T. V.

Pero tenía que superar una selección. Y había muchos niños que, como Natalia, habían sido preseleccionados.

–Y bien, Nata, ¿qué te parece? Iremos a Londres los cuatro y ganaremos mucho dinero.

A la madre se le saltaban las lágrimas de júbilo.

–Mamá –dijo Natalia–, primero me tendrán que seleccionar, no te hagas ilusiones.

–Tonterías –dijo Yubire por toda respuesta. No pensaba permitir que nadie le aguara la fiesta.

Ni que decir tiene que Natalia superó las pruebas derrotando a montones de niños que se quedaron con un palmo de narices. Lo consiguió cantando esa graciosa canción en chino que había aprendido tiempo atrás, con la ayuda de su amiga Shao Li. Yubire peinó a Natalia para la selección con dos coletas tirantes, empapadas de colonia, e hizo una rayita negra delineando sus ojos. Aunque no era tan morena ni tenía la cara redonda, parecía una verdadera oriental. La ropa (china) que vistió para la ocasión, se la consiguió por poco dinero en el bazar chino que había a escasos metros de casa.

Durante los meses previos a la grabación del programa, Yubire recibió algunas cartas más. También una llamada telefónica. Luego, con la Navidad a las puertas, llegaron los billetes de avión. Cuatro. Y otra carta, la última.

La última carta que recibieron en el número 5 de la calle de los Curtidores antes de emprender viaje a Londres iba dirigida a Natalia personalmente. Pesaba. Llevaba en su interior una llavecita metálica de un brillo y belleza extraordinarios. La llavecita tenía forma de un manojo de cinco globos pintados con esmaltes, cada uno de un color, y de los que salían los dientes de la llave propiamente dichos. De nuevo un perfumado papel y unas palabras:

Querida Natalia:
He aquí la llave de tu felicidad, la que te identifica además como concursante elegida para el especial navideño

de Un minuto de gloria. *No la pierdas. Si consigues abrir la puerta que esta llave cierra, un sinfín de sorpresas que ni imaginas te estarán esperando. Pero debes estar ahí, en el lugar adecuado y en el momento justo. Es decir, el 24 de diciembre de este año a las ocho en punto de la noche en nuestros estudios de televisión. No te retrases ni te adelantes, es muy importante. Después cantarás tu canción y luego celebrarás junto a tu familia la cena de Nochebuena.*

Y firmaba el responsable de la Balloon's International T. V. Al pequeño Airon le brillaron los ojos de deseo al ver la fantástica llavecita.

–*Está* chula –dijo–. Me gusta...

Como la llave tenía un agujero en la parte superior, entre dos de los globos, Natalia lo atravesó con un cordelito fino y se la ató al cuello. Por nada del mundo se la hubiera dado a su madre en custodia; bien sabía que era capaz de perderla.

Capítulo 2

En realidad, es difícil perderse, solo hay que buscar la estación de metro de Heathrow, de la línea Piccadilly, la única que llega al aeropuerto. Pero antes, habréis tenido que abandonar la pista de aterrizaje y, ya en la terminal, habréis tenido que esperar de pie, junto a la cinta transportadora, a que os devuelvan el equipaje. Luego, con las maletas a cuestas, os dirigís al metro, está indicado, y una vez allí, esperáis al tren, os subís y ya está.

Claro que, para eso, es imprescindible haber viajado en avión. Y más concretamente a Londres.

Natalia camina deprisa por los pasillos de la terminal del aeropuerto, casi corre. Un corto trecho por delante va su madre junto a Vlado, mezclados ambos con la gente, y no quiere despistarse. Y la verdad, cuesta seguirlos. Las piernas de Natalia tropiezan a menudo con la bolsa de bando-

19

lera demasiado grande que lleva a la espalda. De su mano tiran hacia atrás los deditos gordos y pegajosos de azúcar de su hermano Airon, que siempre elige ir con ella.

–Agárrate a la bandolera, Airon, se me resbala la mano. ¡Y corre!

–Estoy cansado –se queja por toda respuesta el pequeño Airon.

Natalia decide ignorar la última orden dada y sujeta con más fuerza la mano de su hermano.

–¡Puaj! ¡Vaya pringue!

Recorren pasadizos, dejan atrás cafeterías y tiendas, puestos de aduana y policía, descubren salas. Ahora bajan escaleras. Y siguen corriendo. Aunque los espacios son inmensos, la estación de metro ya no puede quedar lejos.

Han llegado por fin. Natalia resopla fatigada mientras su madre estudia los alrededores buscando las ventanillas que expenden los billetes. No es fácil: desconocer el idioma no ayuda y además la estación es grande, está abarrotada de gente y mires donde mires, un color indefinido y monótono lo impregna e iguala todo.

–Ahí está –dice Yubire–. Cuida de tu hermano que vuelvo en seguida. ¿Me acompañas, Vlado?

Yubire se vuelve antes de dirigirse definitivamente a las taquillas para advertir al pequeño Airon que sea formal y no se separe de su tata.

–Forrrmalito –repite Vlado chocando los cinco con el pequeño Airon y guiñándole un ojo–, como un hombrrre.

Y el pequeño Airon repite a su vez:

–Como un hombre.

Pasa el rato. Natalia y Airon al principio no se mueven, después Airon quiere jugar a «De la Habana viene un barco». A Natalia no le apetece. Prefiere observar a la gente. Hay muchísima. De todas las razas y estilos. Señoras con buenos abrigos, hombres trajeados con un maletín y el periódico bajo el brazo, jóvenes de largos cabellos con mochilas y bolsas, mujeres de piel oscura que visten saris multicolores; también se ven árabes con chilabas e indios con el clásico turbante sij. Ahora el pequeño Airon, para entretenerse, da vueltas alrededor de una sola baldosa como una peonza. Por lo bajo canta una canción.

Yubire y Vlado regresan junto a los niños. Llevan los billetes de metro en la mano.

–Andando, hijos.

En las puertas automáticas Yubire va insertando los billetes de los niños por la ranura: primero el de Natalia, que lo recoge al pasar, una vez leído y arrojado por la máquina, luego el de Airon, después el suyo. Vlado va en último lugar, cerrando la caravana. Airon quiere su billete y Yubire consiente en dejárselo, que lo mire, que lo toque bien, y que luego sea Natalia quien lo guarde, junto con el suyo, para poder utilizarlo más tarde, a la salida del metro.

Y de nuevo a caminar.

Hay mucha gente en la estación. ¿Lo he dicho ya? Demasiada. El jaleo es enorme. Natalia se ajusta con dificultad la bandolera y cuida de no perder de vista a Yubire y a Vlado que también avanzan como pueden intentando no golpear a nadie con sus pesadas maletas. A veces, entre el tumulto, las dos siluetas conocidas desaparecen y Natalia pierde entonces el punto de referencia.

–¡Mamá! –grita Natalia–. ¡Mamá, ¿dónde estás?!

De pronto el gentío frena sus pasos, casi no le permite andar. Desde su baja estatura no ve delante de sí más que cuerpos que se interponen entre su madre y ella formando una tupida barrera. Del pasillo principal, surgen otros pasillos que despistan a Natalia, brazos de un árbol a los que es difícil llegar.

–¡Mamá, mamá!

Yubire ha girado hacia la izquierda y está parada junto a las vías, menos mal, ahora la ve, en primera línea, esperando la llegada del metro. También distingue la cabeza despeinada de Vlado que, alto como es, sobresale entre todas como un palo mayor. Y ellos, los niños, en realidad solo están unos pasos detrás. Pero Vlado se ha agachado porque quiere ayudar a Yubire sujetando las dos maletas para que ella se mueva con mayor comodidad. Visto y no visto, como si se hubiera esfumado, y aparece más gente, una verdadera muchedumbre. ¿De dónde ha salido? El tren llega y se detiene. Las puertas se abren y Yubire sube seguida de las maletas y de Vlado. Mientras lo hace se vuelve buscando a sus hijos.

–¡Natalia! ¡Subid rápido! ¡Rápido, hija, que cierran las puertas!

Y al decirlo, agita el aire con una de sus manos.

Natalia no puede pasar. Y no digamos Airon. La gente no les deja. El mundo entero tiene prisa y quiere subir a un tiempo.

–¡Mamá, mamá! –grita Natalia atascada.

–¡Sube, hija! –dice Yubire estirando el brazo para agarrarla.

–¡Mamá! ¡No puedo!

–¡No sueltes a tu hermano! ¡Y sube!

Todo sucede precipitadamente y en medio de una gran confusión. No es extraño que nadie repare en una niña que forcejea para alcanzar a su madre y que lleva un niño agarrado de la mano.

–¡Mamá, mamá! ¡Espera! ¡No puedo pasar!

Y entonces Vlado hace intención de bajar. Va a bajar del metro, va a abrirse camino a empellones si es preciso y va a recoger a los niños, pero en ese momento las puertas se cierran de golpe con un gran chasquido sincronizado, todas a la vez, y aunque Vlado y Yubire, sin movilidad ni espacio por la aglomeración, las golpean y tratan de abrirlas a manotazos, el tren arranca con un chillido agudo, como de gato enfadado y viejo.

Natalia y el pequeño Airon se han quedado fuera. Solos. En Londres. En la estación de metro de Heathrow, de la línea Piccadilly.

El tren desaparece, ya no se ve ni el último vagón.

Y la muchedumbre, como por arte de magia, ha desaparecido también.

Natalia no está muy asustada. Está segura de que Yubire bajará en la próxima parada, tomará otro metro de vuelta a Heathrow y en pocos minutos se hallarán reunidos de nuevo. Sin soltar al pequeño Airon de la mano, permanece de pie, junto al andén, esperando ver aparecer a su madre de un momento a otro. Sabe que llegará a otra parte de la estación, a donde llegan los trenes que van en sentido contrario pero también sabe que cuando un niño se pierde, nunca debe abandonar el lugar en el que se ha perdido hasta que regresen a por él. Es La Ley. Airon se queja:

–Estoy cansado...

–Aguanta un poco más. Mamá viene enseguida.

–¿Dónde ha ido?

–A comprar caramelos.

–¿Para mí?

–Para ti.

–¿Y para ti?

–Sí, también para mí. Vamos a inflarnos de caramelos.

–Estoy cansado...

Llegan y parten trenes. Viajeros cargados con pesadas maletas suben y bajan de ellos y mientras, pasa el tiempo. Pero Yubire no aparece. Natalia se impacienta, empieza a alarmarse, su hermano protesta de nuevo, demasiado aburrido o demasiado harto de estar de pie. De acuerdo: esperarán sentados en un banco, en uno cercano, desde donde vean el lugar que acaban de dejar. Cuando uno se pierde, nunca debe abandonar el lugar en el que se ha perdido, se repite Natalia con insistencia. Dado que Yubire es bastante despistada y no es la primera vez que descuida por error a los niños, se trata de una lección bien aprendida. En el banco, el pequeño Airon se queda inmediatamente dormido.

Sigue pasando el tiempo. Saturno devora las horas como si fueran hijos varones. ¿Cuántas? Natalia no sabe, no tiene reloj, pero habrá alguno de pared en algún lugar de Heathrow. No piensa buscarlo, por nada dejaría al pequeño Airon dormido y solo. Esperará. Su madre no puede tardar mucho.

Poco a poco le va venciendo el sueño, cada vez le cuesta más mantenerse despierta, pero no se dormirá. Parecería una niña abandonada. Se mantiene en posición erguida, natural. Nadie debe notar que está sola, con la única compañía de Airon, un niño de cuatro años de edad.

Y recuerda un hecho que sucedió precisamente hace cuatro años, cuando su hermano nació. Lo evoca entumecida de cansancio, a un paso de la frontera del Territorio Sueño. Yubire, que por entonces aún no era Yubire, sino simplemente mamá, estaba en casa con Natalia y ella le acariciaba su enorme barriga. A Natalia aquella panza redonda y abultada le recordaba a la del viejo carbonero que todas las nochebuenas bajaba del monte, junto a su asno, a repartir juguetes a los chiquillos. Por aquel tiempo eran felices. Mamá y ella. No echaban de menos a papá. No tenían grandes cosas, pero tampoco necesitaban mucho más. Mamá le contaba que había un bebé allí dentro porque sabía la ilusión que a Natalia le hacía tener un hermanito. A ratos el bebé se estiraba, demasiado encogido en su pequeña cuna humana, y entonces se podía apreciar el movimiento a través de la barriga, blando, como olas de arena. Las dos reían: mamá le aseguraba que aquello no era doloroso, sino todo lo contrario.

En la televisión encendida apareció inundando toda la pantalla la cabeza de la magnífica garza real llamada airón justo cuando mamá comenzó a notar que el bebé llamaba a la puerta de la barriga –toc, toc– porque quería salir.

–Creo que el bebé viene ya, querida.

–¿Sí? –preguntó Natalia dando un brinco en el sofá–. ¿Cómo lo sabes? Yo no oigo nada...

Mamá disimuló una mueca de dolor.

–Llama de la misma forma que llamaste tú. Es inconfundible.

El airón se pavoneaba delante del resto de las aves del humedal donde habitaba y agitaba su penacho de suaves plumas encendidas. Era en verdad hermosísimo.

Mamá lo contemplaba sujetándose la barriga. A ratos se levantaba y paseaba, otros volvía a sentarse en el sofá. Emitía unas respiraciones muy raras. No había terminado aún el documental en la tele cuando a ella se le escapó un quejido.

–Hija –dijo a Natalia–, esto avanza y no puede esperar. Estaré fuera unos días, los necesarios para que el bebé recorra el camino desde la barriga a mis brazos.

–¿Unos días? ¿Cuántos?

–Oh, dos o tres. El bebé es pequeño y camina muy despacio.

–¿Y yo? ¿Me quedo sola?

De ningún modo, le contestó mamá, las vecinas se ocuparían de ella.

–Tendrás muchas madres en lugar de una. Pero solo por unos días, ¿eh?

Eran buenas las vecinas. Cualquiera estaba dispuesta a darle de comer. Y comida calentita, nunca fría y pasada como la que acostumbraba a tomar. Así, Natalia descubrió que la Juanamari del cuarto hacía las mejores tortillas del mundo, ya fueran de jamón, de migas de atún o de perejil; mientras que la Juanamari del tercero (porque había dos Juanamaris en su escalera) aliñaba la pasta como nadie: macarrones horneados con ajo y tomate, lasaña recubierta de fina bechamel o canelones rellenos de hígado de cerdo aderezados con salsa roja de cebolla y pimentón. Otra vecina a la que llamaban Pascuala (porque su marido era Pascual) la invitaba siempre a desayunar. Los desayunos en casa de Pascuala eran una fiesta diaria: zumo de naranja con azúcar, tortitas dulces chorreando leche condensada, cereales con yogur, ensalada de plátanos y kiwis, emparedados de membrillo y mantequilla y, para terminar, un delicioso tazón de chocolate caliente.

En alguna ocasión Natalia se quemó la lengua, incapaz de reunir la paciencia necesaria para esperar a que el chocolate se enfriara un poco.

A los tres días, mamá regresó a casa. Traía en sus brazos al bebé. Traía también una amplia sonrisa.

–Nata, hija, mira a tu hermano. Es divino. No ha nacido en estos días otro como él.

Natalia se estiró para ver de cerca el bulto sonrosadito que portaba su madre. Dormía como un bendito y olía a arrullo, a beso y a talco.

–¿Se parece a mí?

–Es idéntico, hija, idéntico. No habrá niños más bonitos en toda la ciudad.

–¿Y cómo se llama?

Mamá acostó al bebé en la cunita que en días anteriores había dejado preparada para él.

—Airon, se llama Airon. Y así debes llamarlo. A él le enseñaremos, si te gusta, que te diga «Tata».

El caso es que entre unas cosas y otras, mamá se olvidó de mandar a Natalia al colegio. La verdad es que se olvidaba a menudo de cosas importantes, no tenía buena memoria, siempre lo decía, y era muy, muy despistada. Debió de faltar a clase muchos días, Natalia ya no lo recuerda. Fueron sin embargo días de dicha en los que ambas compartieron las delicias del bebé y en los que ninguna de las dos imaginaba que con pasos silenciosos se iba acercando para ellas el Tiempo Peor. Y así, en algún momento de aquella felicidad, una mujer comenzó a aparecer por casa. Era educada y seria y atiborró de preguntas a Natalia y a su madre. Empezó a curiosearlo todo, a husmear en armarios y habitaciones, revisó el baño, la cocina y lo que en ella había, abrió la nevera y fisgó en pucheros y cazuelas. Dijo que algunas ventanas no abrían y que así no se podía ventilar, y, por el contrario, otras no cerraban bien, llenando en invierno la casa de frío. No pasó por alto una revisión a la cartera del colegio de Natalia, sus cuadernos de escritura, sus lápices y pinturas, el viejo y lento ordenador; alguna vez Natalia oyó que mamá y ella discutían. No parecían amigas pero a pesar de eso hubo un día en que mamá consintió que Natalia se marchara con ella. La mujer educada y seria, que con Natalia era extraordinariamente dulce y amable, le decía que pasaba mucho tiempo sola, que no acudía al colegio. Ella se encargaría de que las cosas cambiasen. Una niña tan inteligente y guapa necesitaba una buena educación. Viviría con otras niñas igual de inteligentes y guapas, e iría al colegio. Todos los días. Por supuesto que su madre podría acudir a visitarla, una vez cada quince días, según las normas. Mamá, con el bebé en brazos, no quiso salir a la puerta para verla partir, pero le había prometido que aquello era temporal y que muy pronto se reunirían. A partir de ese día comenzó su vida en el centro de acogida.

Sentada en el banco de la estación de Heathrow Natalia de pronto se estremece. Y lo agradece, así se espabila, casi se había quedado dormida. No suele querer recordar su vida en el centro de acogida y cuando lo hace, como ahora, siempre se estremece. Y sin embargo allí jamás la trataron mal y la comida nunca estaba fría. Pero se acordaba sin cesar de su madre y del pequeño Airon que iría haciéndose grande sin ella.

Tres años. Tres largos años pasó Natalia en el centro de acogida. Mientras, mamá crió a Airon, buscó un empleo y conoció a Vlado.

Natalia observa a su hermano dormido a su lado, con su redonda cabeza apoyada en la pared y la pequeña boquita entreabierta. Es su ser humano más amado y predilecto. Por definición. Jamás volverán a separarlos, no piensa permitirlo. A su vez escruta los alrededores. Nadie debe saber que están solos, nadie. Si por cualquier circunstancia alguien cree que la madre se ha olvidado de ellos, volverán a llevarla al centro de acogida, quién sabe para cuánto tiempo.

Pero algo ha tenido que sucederle a Yubire, no hay duda. Y a Vlado también, si no habrían vuelto a buscarlos. El pequeño Airon se ha despertado y lloriquea. Tiene hambre, tiene sed y aunque ha dormido lo suyo, sigue estando cansado.

Natalia abre su bandolera y saca las galletas que hace ya mucho rato le dieron las azafatas del avión y que ella, sin hambre en aquel momento, había guardado para después. Airon se lanza a comerlas nada más verlas. Natalia coge una, pero al instante lo piensa mejor y la deja para su hermano. Luego se acercan a los lavabos y llenan de agua una pequeña botella vacía que Natalia también tuvo la precaución de guardar.

Los dos beben una y otra vez, hasta hartarse.

–¿Qué tal Airon?¿Tienes más hambre?

–No... bueno sí... un poco; quiero los caramelos. ¿Cuándo llega mamá?

Aunque en un principio pensaba ocultarle la verdad como si fuera un secreto, Natalia no tiene más remedio que explicarle que se han perdido y por eso mamá no los encuentra.

–*Predidos* como quién...

–Como Pulgarcito –contesta aburrida Natalia a sabiendas de que Airon le pedirá a continuación que le cuente el cuento del minúsculo niño, más que perdido, abandonado.

El pequeño Airon ahora parlotea con su media lengua, algunas frases correctamente, otras construyendo un sinfín de disparates.

–A lo mejor mamá se ha *predido* y entonces nosotros tenemos *c'ancontrarla*.

–¿Quién? ¿Mamá? ¿Mamá perdida?

Primero Natalia tiene la tentación de echarse a reír pero en vez de eso, calla y reflexiona. Bien mirado, puede que tenga razón. ¿Y si es ella, Yubire, la que se ha perdido? Es la primera vez que viaja a Londres, no sabe ni una palabra de inglés y no sería tan extraño que se despistara. Claro que está Vlado...

–Vlado también se pierde –dice Airon cuando Natalia piensa todo eso en voz alta–; se *predió* llevándome al jardín de infancia...

–¿Se perdió llevándote al jardín de infancia que está a dos manzanas de casa?

–Sí. Me llevó tarde porque no encontraba el camino.

–¡Ay, madre!

Decidido. No van a esperar eternamente en la estación. Subirán al próximo tren que pase y penetrarán en las entrañas de la gran ciudad que imaginan que es Londres. Una vez allí, buscarán a Yubire y a Vlado. Cierto que están incumpliendo la primera y principal norma de La Ley, pero La Ley no dice nada sobre qué hacer cuando sucede que no es el niño quien se pierde.

¡Iiiiiiiiiiii! Un tren se para en el andén. Se suben. Pueden incluso sentarse, ahora ya no hay tanta gente en la estación. La primera sorpresa que se lleva Natalia es que el metro, en ese tramo, no es subterráneo. Ante ella desfilan los paisajes de los alrededores de Londres y fascinada, curiosa, pega la cara al cristal.

31

¿Qué ve Natalia a través de la ventanilla? Ve campos verdes, blanqueados por el frío, ve casitas rurales, algunas preciosas, otras de escasa belleza y valor, ve huertos vallados con altas varas incrustadas en la tierra que enderezan el ramaje de verdura, ve perros que ladran y gatos que zigzaguean en los tejados, ve viejas fábricas y pabellones descoloridos en cuyos alrededores se amontonan trastos y materiales de derribo, ve calles mal asfaltadas que se anticipan a la urbe, ve, en fin, la vida y el día a día en un lugar desconocido, pero no ve el sol porque, cubriendo todo ello, una fina bruma tamiza y apaga los colores del cielo. Además, paulatinamente el cielo se oscurece y Natalia calcula que quedará ya muy poco rato de luz.

–*What's the time?* –pregunta a un chico que lee un libro junto a ella, esforzándose en hablar con el acento más británico posible.

–Las cuatro y cinco pasadas –le responde el chico en perfecto castellano con una ancha sonrisa.

El rostro de Natalia se contrae. Tiene miedo. Ahora el chico comenzará a hablar con ella. O con Airon. Les preguntará de dónde son y qué hacen en Londres, lo típico, feliz de haber encontrado un par de niños compatriotas. Ella no representa un problema, sabe callar, pero Airon... Si le dejan, tiene suelta la lengua.

Pero no, nada de eso ocurre y el chico se enfrasca de nuevo en su libro. Natalia suspira aliviada. En cuanto bajen del tren, de todas formas, aleccionará a su hermano sobre lo que no debe hablar con extraños.

Y de repente, se hace completamente de noche. ¿Ha caído en un instante toda la oscuridad del universo sobre ellos? ¿Alguien ha corrido un velo opaco delante del sol? ¿O un pincel malicioso y monocromo ha pintado los paisajes de negro? No, simplemente han entrado en la zona subterránea y ahora, como topos, recorren el horadado sótano de la ciudad. Natalia desvía los ojos, la ventanilla ya no tiene nada bello que ofrecer, y los posa distraídamente sobre la gente que, como ellos, viaja silenciosa y aburrida en el vagón. El pequeño Airon se ha encaramado encima de sus rodillas y juguetea con la llave de globos que Natalia lleva anudada al cuello. Charlan en voz muy baja de esto o de lo otro; de aviones, de Londres, del metro, de mamá...

El corazón le da un vuelco. Sin proponérselo, su vista la ha llevado hasta un hombre. Este hombre los miraba, los estaba mirando a ella y al pequeño Airon cuando Natalia ha puesto sus ojos en él. Y el hombre, entonces, ha apartado violento los suyos, con gran rapidez. Es un hombre extraño, de edad incierta, que viste de manera informal y lleva en la cabeza un sombrero rígido y algo excéntrico que lo mismo puede ser de guardabosques que de aventurero o de explorador. Natalia lo observa y estudia por el rabillo del ojo. Cuando el hombre no se siente espiado, los mira a su vez. ¿Por qué? ¿Qué pretende? Va pendiente de ellos, es algo que no puede disimular. Tiene ojos pequeños, vigilantes, muy oscuros y siniestros, y de alguna parte de su sombrero sale un cable que se pierde en el interior de su ropa. Un transmisor, un micrófono, o simplemente un teléfono intercomunicado: algo. Está clarísimo, ¿cómo no lo ha visto antes? Sin duda alguna pertenece al PBI, Protección y Bienestar de la Infancia, que por supuesto tendrá sede en Londres y que existe para velar por los menores que se encuentren en cualquier situación de abandono o desamparo.

Como Airon. Como ella. ¡Ay, Dios!

Los *pebis* fueron los causantes de que Natalia pasara tres años en el centro de acogida.

–Airon –dice a su hermano–, siéntate a mi lado, formal, nos bajamos en la próxima parada.

–¿Estará mamá?

–¡Chist! No hagas preguntas, no hables, no debes hablar hasta que yo te lo diga, ¿de acuerdo? Es muy importante que me obedezcas. Si lo haces... –Natalia baja mucho la voz para no ser escuchada ni por el muchacho español del libro ni por nadie– ... Si lo haces, en seguida encontraremos a Vlado y a mamá.

Gloucester Road, lo dice en grandes carteles blancos a lo largo de toda la estación. Aquí mismo terminará el recorrido. Natalia toma la mano de su hermano y lo empuja entre los viajeros que bajan. Deprisa, deprisa... ¿En qué parte de Londres se encontrarán? Vuelve a haber mucha gente y ellos son tan pequeños..., dos granitos de arroz en medio de una paella. Mejor. Se esconderán sin problema entre la masa y desorientarán y engañarán a ese condenado *pebis*. ¿Y ahora cómo salir? *Way Out*, lee Natalia, y es obvio que debe seguir los sucesivos letreros que van mostrándole la salida.

34

–Deprisa, Airon, deprisa...

De nuevo la puerta electrónica. ¿Dónde ha guardado los billetes? Tras buscar en todos los bolsillos, aparecen. La cruza Airon, la cruza ella, parece que han perdido de vista por fin el sombrero enemigo.

Y entonces, sin haber pisado la calle y antes de verla incluso, pasan por delante de un puesto de chucherías. Las bolsas de fritos y peladillas, las tabletas de chocolate, y toda clase de bebidas se exhiben con descaro e incitan a Natalia a comer. ¿Y si robara algo? Sabe que es arriesgado, que no debería, pero tiene tanta hambre... Y Airon también. Desde el desayuno no han tomado nada y seguro que hace rato que ha pasado ya la hora de comer. Natalia se detiene frente al puesto y recorre con la mirada los alrededores. Nunca lo ha hecho, no sabe robar, pero tiene que probar: se trata de una situación extrema. El vendedor atiende a los clientes y entre venta y venta maneja la caja registradora. No repara en una niña sumergida entre la gente, alargará la mano y cogerá cualquier cosa, es el momento.

¿O no? Reconociendo el entorno ha creído distinguir de nuevo la dichosa figura que los observa desde lejos. Pero no parece el mismo hombre, sino otro similar. ¿Hay más de uno? Como el del metro, también lleva sombrero, y aparta la vista cuando ella lo descubre. ¡Porras! Otro condenado *pebis*, no hay duda.

Abandonan el puesto, disimulando, conteniendo las ganas de comenzar a correr.

–Deprisa, Airon, deprisa...

Ha sido tonta. Y necia. Una estúpida y enorme necia. Solo a ella se le ocurre intentar robar en circunstancias así,

35

perdida de su madre y acosada por los *pebis*. El hambre le ha jugado una mala pasada.

Cuando salen a la calle un aire gélido les golpea el rostro. Yubire ya les había advertido que se abrigaran bien, que en Londres el frío era intenso. Pero hace tantas horas que transitan por espacios cubiertos que lo habían olvidado. Natalia lleva gorros y bufandas para Airon y para ella en su bolsa de bandolera. Cuando dejen de correr y de esconderse los sacará.

Y es de noche, tan de noche como lo era unos momentos antes en el subsuelo por donde circulaba el tren, pero aquí afuera las farolas y las luces de las tiendas iluminan la ciudad.

Caminan precipitadamente y sin rumbo fijo por avenidas y calles. Si la parada del metro se hallaba en una zona muy transitada, ahora desde luego se han alejado bastante del tumulto. Mejor. Quieren desviarse de los *pebis*. Solo si lo consiguen, no antes, se detendrán y descansarán. Entonces una brisa húmeda que aumenta el frío se hace notar y Natalia se aproxima a lo que sabe que es un puente.

¡Qué inmenso río cruza por debajo! Oscuro y frío, como la noche de Londres. A lo lejos, bombillitas de colores adornan sus orillas y dan a los bordes una imagen desdibujada, irreal.

–Mira Airon, luces de Navidad. Con lo que a ti te gustan las luces...

–No me gustan, son feas. ¿Cuándo vamos a sentarnos? Estoy cansado...

En el centro de acogida siempre celebraron la Navidad. Natalia y su amiga Shao Li ayudaban a la monitora a engalanar el salón con espumillón de colores y verdes tiras de acebo flexible. Al fondo se erigía majestuoso, repleto, el abeto tradicional. Todo estaba bien, salvo que el viejo carbonero que la noche del 24 bajaba del monte cargado de juguetes nunca llegó hasta allí. En su lugar lo hacía un señor muy gordo, con la barba muy blanca, con el que Natalia no se terminaba de encariñar. Pero era lo que había. Tal cual.

Se detienen un momento, exhaustos y algo más confiados. Natalia aprovecha para cerrar bien apretado el abrigo del pequeño Airon, que lo llevaba abierto y escurrida la capucha hacia la espalda. Es una trenca marrón, con el forro a cuadros. Tiene colmillos gruesos y cortos en donde debería haber botones. Saca los gorros. Saca las bufandas. La de su hermano es muy larga y puede envolverle el cuello y taparle la boca con ella. Por el frío de la noche y la carrera, le han salido dos manchas sonrosadas en la cara, en medio de los mofletes. Y también en la nariz. Parece el maquillaje emborronado de un disfraz de polichinela. Uy, una escalera. Y se sumergen todavía más en las sombras. La bajan y siguen caminando, ahora junto al río, atolondrados y sin rumbo, por uno de sus márgenes. Apenas se ve gente por aquí, será más fácil pasar desapercibidos.

Pero no saben a dónde ir, ni por dónde comenzar a buscar a su madre. No recuerdan el nombre del hotel en el que se alojan, ni conocen nada de lo que alcanzan a ver con los ojos, no tienen un plan. No se sienten capaces de localizar solos los estudios de la Ballon's y tampoco pueden recurrir a nadie pidiendo ayuda, es demasiado peligroso. ¿Deberán deambular por Londres hasta que Yubire los encuentre? ¿Y si antes son capturados por los *pebis*? Natalia siente que la desorganización y el caos llenan su cabeza. Aturdida por el hambre y el miedo es incapaz de pensar. No entiende qué hacen allí, vagabundeando solos a la orilla de un río que desprende frío. Deberían estar con Yubire y con Vlado, en un restaurante de hotel caliente y acogedor, cenando platos deliciosos a la luz de cientos de lámparas dispersadas por el techo, dejando correr agradablemente las horas, esperando el momento de acudir al programa de televisión. Airon comienza a lloriquear.

–Airon, no llores –se impacienta Natalia–, no ganas nada con llorar.

–¡Quiero con mamá!

Vaya, ahora de pronto, quiere con mamá.

–¡Mamá no está! ¿No lo ves?

–¡Quiero con mamá!

–¡Yo soy mamá! ¿Me oyes? ¡Mientras estemos perdidos, yo soy mamá!

–¡Entonces dame de comer! ¡Y cuéntame un cuento! ¡Si no, no ando!

Lo que faltaba. Una rabieta de Airon. Natalia se inflama. Como un globo superinflado, se cree próxima a explotar. Pero sí, por qué no, le contará un cuento. De las dos cosas que ha pedido su hermano, es la única que puede darle. Además no tiene nada mejor que hacer y tal vez así se serene su torpe y abotargada cabeza.

–Érase una vez una niña que se llamaba Shao Li –comienza Natalia–. Shao Li era de muy lejos, de la China, pero vivía en nuestro país, en una ciudad como la nuestra. Hablaba mal nuestro idioma.

–¿Y cómo hablaba? –pregunta Airon inmediatamente interesado.

–Diferente, como hablan los chinos.

–Ah.

–Shao Li estaba enferma y vivía en un centro de acogida porque sus papás no tenían medios para atenderla como ella necesitaba, ni dinero para poderla curar. Shao Li pasaba muchas temporadas en el hospital y, antes de ingresar, nunca olvidaba despedirse de sus buenos amigos del centro de acogida. Cuando regresaba, repartía entre todos los niños y niñas los regalos que le habían hecho las enfermeras del hospital. Era muy generosa. Siempre estaba dispuesta a ayudar a los demás. Decían que era un ángel. Todos la querían mucho pero su mejor amiga era una niña que tenía un año menos y que se llamaba Natalia.

–¿Como tú? ¿Se llamaba como tú?

–Sí, sí, igual que yo.

»Un día Natalia lloraba sentada sobre una enorme caja y Shao Li se acercó a consolarla. "¿Pol qué lloral niña Natalia?", le preguntó con su vocecita china. "Porque tengo que llevar esta caja tan grande hasta mi habitación y no puedo sola. Si no lo hago en seguida, las monitoras me reñirán", le contestó Natalia. Shao Li entonces le pidió permiso para ver lo que había dentro de la caja. Y había muchas cosas, infinidad de ellas, algunas sin ningún valor, la mayoría

39

recuerdos y juguetes usados de Natalia. Realmente la caja estaba muy llena y tenía mucho más peso del que una niña pequeña puede acarrear. Ni empujando juntas habrían podido con ella. "¿Y todo, todo servilte?", preguntó Shao Li. "Es mi equipaje", dijo Natalia frotándose con la manga las lágrimas y la nariz. Shao Li se encogió de hombros y le dijo...

Natalia calla de golpe. ¡Qué silencio se respira! Demasiado. Y además descubre que están solos, tan solos como si fueran los únicos habitantes de la Tierra. Ya no se sienten dos granos de arroz en una paella y eso también asusta. Sitiados por la noche, únicamente el sonido del río los acompaña. A lo lejos se escucha muy amortiguado el eco del tráfico que va disminuyendo a causa de la hora. Ningún ser humano a la vista, ningún movimiento. Debe de ser muy tarde.

–¿Qué *dició* Shao Li, eh, qué *dició*? –pregunta impaciente el pequeño Airon.

–¡Chist, calla! He oído un ruido.

En efecto, Natalia ha creído oír, aguzando el oído y confundida por el excesivo silencio, un ruido de pasos que los acechan. Vuelve la cabeza en una y otra dirección, se mueve con todo el sigilo que su incómoda bolsa de bandolera le permite, buscando con la vista en los contornos próximos. Olfatea incluso el aire y agarra muy fuerte a su hermano.

–¡Ay! ¡Me haces daño...!

Nadie. Habrán sido figuraciones suyas, una alucinación. El miedo, el hambre y la soledad tienen esas cosas.

Al poco vuelven a escucharse nuevos ruidos, bastante más audibles, más cercanos, y Natalia rodea con sus brazos a Airon con el más puro instinto de protección animal. Decididamente son pasos que quieren ser cautelosos, ahora lo sabe. Pero pasos ¿de quién? No se ve un alma, el río está tranquilo y su borde despejado como la frente de un payaso. También Airon abraza a su hermana, contagiado de su miedo y parecen uno, siendo dos, aunque en realidad solo ocupen medio.

¡Qué angustia! Caminan lentamente, apretados, intentando taladrar las tinieblas con los ojos. Ambos se tropiezan a menudo con sus propios pies.

Y de pronto ya no están solos. Como surgidas por la varita de un mago, caras sucias de muchachos los rodean. Las caras tienen cuerpos, los cuerpos se mueven sin ruido, alimañas que salen de la noche, la mayoría aquí, delante de ellos, pero también por detrás; un ejército sin uniformes ni instrucción, una pequeña legión de harapientos y desarrapados. ¿Quiénes son? ¿Jóvenes mendigos? ¿Una banda de gamberros? ¿Niños sin techo? ¿O los últimos trogloditas del planeta? Y los hay de varias razas, los países del mundo se reflejan en sus rostros. Natalia nota su piel erizada y tensa, si no fuera por el frío que hace, sudaría de miedo. Sin querer está clavando las uñas en la trenca de Airon. Casi se alegraría si, de pronto, aparecieran los *pebis*.

–*What a nice shoes!* –salta uno de los chicos mirando las botas de Natalia–. *Can I try them on?*

Lo ha dicho con descaro, la voz seca y rota. Es muy joven, un niño, y lleva los pies calzados con unas deportivas sucias y rotas por las que asoma el calcetín que cubre el dedo derecho pulgar. Y quiere las botas de Natalia, recias y de buen tamaño (para que le duren), que Yubire le ha comprado para el viaje en una tienda de ocasión.

–*Can I try them on?* –repite lentamente, aproximándose y engolfando mucho la voz. Casi escupe su aliento sobre ella. Natalia tiembla, pestañea, vibran sus labios y castañetean sus dientes, siente estopa en la boca y la lengua se le atasca, pero responde:

–Son mías; no. Dejadnos marchar. –Y comienza a caminar, río adelante, abriéndose paso entre los chiquillos. No ha aflojado la presión de sus brazos sobre el pequeño Airon.

Pero aquel rapaz no va a darse por vencido. Se estira con destreza y engancha a Natalia por el borde de la bufanda, impidiéndola seguir.

–¡Ay! ¡Suéltame!

–*The shoes, the shoes! Hurry up!*

–¡Eh, tú, deja en paz a los pibitos! –grita una voz a sus espaldas.

No hace falta escuchar más. El chaval suelta la bufanda de inmediato. No protesta ni opone resistencia. ¡Como suena!

El que acaba de hablar está ahora plantado frente a Natalia y Airon. Es un poco mayor que los demás, aunque solo un triste bozo le mancha de negro el bigote, y parece el jefe. Es alto, delgado, moreno. No lleva mala ropa, pero sus vaqueros son demasiado grandes y están tan arrugados como la tez de un viejo campesino. Tiene que ser argentino, mexicano o español.

–Vosotros no sois *Brothers*... –dice el tío–. ¿Quiénes sois?

–¿*Brothers*..., hermanos? –Natalia titubea–. Sí, sí, lo somos...

Algunos del grupo, no todos, estallan en una sonora carcajada.

–Me refiero a si sois *Brothers* de la noche, si sois de los nuestros –aclara el que ya claramente pasa por jefe, tartamudeando de risa.

–¡*Brothers!* ¡*Brothers!* ¡*Brothers!* –le increpan los chavales, reventados de risa y haciendo gestos grotescos con las manos y la boca. Es evidente que utilizan cualquier tontería para divertirse.

Bien. Airon vuelve a llorar. Natalia se agacha y lo coge en brazos. Está harta. Está furiosa. Está cansada. ¿Qué dice este estúpido chaval? ¿Hermanos de la noche? ¿Hermanos de ellos? ¡Ni loca! Solo tiene un hermano, y es Airon. Vuelve nuevamente a andar, se va, cargando con Airon y con la bolsa en bandolera.

–¡Espera! –dice el jefe mandando a un chico tras ella.

No esperará. Corre incluso más. Si lo que quieren es reírse un rato, que lo hagan a costa de otros. Si lo que quieren es robarle...

–¡Espera, pibita! –repite. Ahora es él quien la sigue. Sabe que está sola. La alcanza, se sitúa delante de su cara y le ofrece una mano renegrida y sucia. Aún lleva la risa en la boca.

–Somos gente legal, no tengas miedo. Me llamo *Captain*, Capitán, pero puedes llamarme Capi.

Natalia se detiene. Seria. Aún lleva al hermano en sus brazos.

—De acuerdo. Este es Airon. Y yo me llamo Natalia, pero puedes llamarme Nata.

Capítulo 3

Capi ha contado a Natalia que los *Brothers* son muchachos sin techo. Chicos y chicas, aunque más chicos que chicas. Viven en la calle, comen en la calle, duermen en la calle. Durante el día, se esconden como ratas para no ser detenidos; por la noche salen y deambulan. Les gusta su modo de vivir, son felices y libres. Además, no conocen otro. En algún momento de su vida tuvieron unos padres, pero hace mucho de eso y ya lo han olvidado. Se alimentan y se visten de lo que roban ocasionalmente, pero sobre todo de lo que encuentran en las basuras, y pueden asegurar que es mucho.

–No te haces ni idea de lo que la gente tira –dice Capi–. Nosotros lo aprovechamos casi todo.

Natalia no se asombra. Sabe que existe un submundo urbano, invisible a la mayoría de los ciudadanos, que vive de los despojos del mundo visible y convencional.

–¿Y cómo conseguís ocultaros de los *pebis*? –pregunta Natalia.

–*¿Pebis?* –dice Capi extrañado–. ¿Qué son los *pebis*?

Natalia se lo explica pero Capi no parece conocerlos. Fijo que en Londres tienen otro nombre. En cualquier caso huyen de ellos como huyen de la policía nacional, de la patrulla de tráfico, de vigilantes de defensa e incluso de la mismísima Guardia Real: escondiéndose.

También Natalia cuenta a Capi su situación, es decir, que no son de allí, que han viajado a Londres, que mañana, día de Nochebuena, están citados en la Balloon's International T. V. para actuar en un programa especial en directo y que por descuido se han perdido de su madre. No omiten que tanto su hermano como ella tienen mucha hambre.

–Claro –Capi mira su reloj de pulsera parado–, como que es la hora de cenar. Venid con nosotros, tenemos aquí en Londres buenos colegas. Pero hay que caminar una pasada. ¿Vas a ir cargada con eso? Trae, yo te lo guardaré.

Y diciendo esto se aproxima más a ella y quiere cogerle la bolsa de bandolera amarrándola por el asa.

Natalia se suelta bruscamente, de un tirón, mientras pregunta:

–¿En dónde?

–Allí –dice Capi señalando la orilla del río– en una vieja barca abandonada, junto a nuestras cosas. Pero tranquila, ¿eh? No te voy a comer.

Natalia duda. Quiere confiar en Capi, pero aún no puede. Aunque algo le dice que es un chico sincero, apenas se conocen, es demasiado pronto.

–No, gracias, yo la llevaré. No pesa tanto –miente.

–Como quieras. Allá tú.

Parten en comitiva, Capi con Natalia y Airon por delante, otros dos chicos detrás. Uno es larguirucho y delgado, aunque no es mayor y se llama Enrico. El otro es muy bajito, poco más alto que Airon, y le dicen Nene. Como Capi, también son argentinos, mexicanos o..., bueno, el caso es que Natalia los entiende cuando hablan. El resto de los muchachos se ha repartido en pequeños grupos y han tomado distintas direcciones. Es más prudente, menos llamativo.

Han dejado el río atrás y de nuevo se hallan inmersos en las calles, solo que ahora están completamente desiertas. La luz de las farolas titila entre la niebla húmeda y helada que es el aliento de Londres. Apenas circulan automóviles por las calzadas y los autobuses públicos, medio vacíos, campean a sus anchas. Son rojos como llamas y los faros brillan amarillos y redondos, como los ojos de un búho.

Caminan mucho rato. Cruces y travesías van quedando atrás, calles solitarias con edificios de poca altura. Tiendas mal iluminadas y tugurios de cutre aspecto aparecen por doquier. También sucios garajes y locales vacíos, abandonados, en los que una espesa capa de mugre y polvo se ha instalado y acomodado con trazas de perdurar. El frío es atroz. Y Natalia piensa que no le gusta lo que ve, no le gusta Londres. ¿Dónde está el palacio de los reyes? ¿Y el museo de cera que Yubire les prometió que visitarían? ¿Dónde la noria tan alta? ¿Dónde los parques en los que las ardillas comen de la mano que ha visto por la tele? ¿Y la torre con un reloj que canta?

–Por si no lo has pillado, esto son las afueras –dice Capi como adivinándole el pensamiento–. El centro, si no es para rebuscar en las basuras, ni olerlo. Es demasiado peligroso.

A Airon no le aguantan las piernas y cada vez llora con más ganas.

–¿Falta mucho? –pregunta Natalia–. Mi hermano...

–Ya llegamos –dice Capi–; solo un poco más.

¿Seguro? ¿No será una estrategia para alejarlos del único lugar que ya conocían, robarles y luego abandonarlos? Natalia coge a Airon en brazos y Capi se ofrece a llevarle la bolsa.

–No; puedo yo –miente de nuevo.

Pero inmediatamente deposita a su hermano en el suelo. No puede con él y con la bolsa, debe admitirlo, al menos después de tan larga caminata. No le extrañaría que de pronto Capi dijera que ya no están en Londres, que han dejado la ciudad atrás y todo el país incluso.

–Hemos llegado –dice Capi–. Aquí es.

Por fin. Capi se ha detenido frente a lo que quiere ser un restaurante, o un bar. Se trata de un antro anticuado y ajado. Sobre la entrada parpadean unas letras de neón: *The red cat*, y junto a ellas el dibujo de un gato grande y rojo, en cuyos ojos lucen dos bombillas amarillas. Una puerta de madera repintada varias veces de verde da paso al local y se halla semiabierta dejando entrever una estancia pequeña y pobremente amueblada. Natalia, curiosa, estira el cuello para mirar.

–Esperadme aquí –dice Capi–, voy a buscar a Sebas. Y da la vuelta a la calle para entrar en el local por la puerta posterior.

En seguida la cabeza de Capi asoma por la esquina que un momento antes acababa de doblar.

–¡Eh, vosotros! –silba primero y luego chista–. ¡Ya podéis venir!

Enrico, Nene, Natalia y Airon se acercan. Capi les señala la trastienda donde les espera un hombre sudoroso y arremangado de piel oscura y bigote con aspecto de felpudo. Es Sebas, el propietario de *The red cat*, otro extranjero en Londres, y tiene un montón de sobras de comida guardadas para ellos, pues el negocio, aquella noche, no ha ido mal.

Se las ofrece a los chicos en cucuruchos de papel de periódico, grasientos y arrugados.

–Comed, majos, comed.

Qué festín. Restos de pescado frito, patatas asadas, sándwiches de pepino y algún trozo de rosbif. Todo frío, naturalmente, pero a nadie le importa. Devoran con ansia su ración, que es todo lo abundante que ellos quieran, y Natalia entre bocado y bocado vigila que Airon no se atragante con los tegumentos de la carne.

–Como veis, aún queda gente enrollada –comenta Capi con la boca llena–, solo hay que saber dónde.

El ánimo general se ha elevado, todos tienen algo que decir.

–Cuando vivía en Richmond –cuenta Enrico– me amigué con una panadera. No veáis la de panes y bollos que me chutaba.

–¿Tiernos? ¿Del día? –quiere saber Nene.

–No, duros. Pues claro que del día, atontado. ¿Qué te has creído?

–¿Será por tu cara bonita? –dice Capi sonriendo de medio lado.

–Pues sí, por qué no. Tengo una jeta bien guapa. ¿A qué sí? –pregunta Enrico mirando a Natalia.

Todos ríen. Hablando, Enrico es gracioso más allá de lo normal.

Están en la calle, sentados en el suelo, en la trasera de un local desagradable y sucio, en una ciudad fría y gris. Pero a Natalia ahora le parece el paraíso. Y Sebas un santo, un ángel descubierto en territorio hostil. Mientras los tres chicos hablan, ella piensa en su futuro inmediato, en lo que deberá hacer en las próximas horas y el panorama ya no le parece tan desolador. Con el estómago lleno y la compañía de Capi y los chicos el pesimismo de hace un rato se ha esfumado.

–¿Qué *dició* Shao Li? –pregunta Airon ahora que ha terminado de comer tirando del cuello de su hermana.

–¡Ah, Shao Li! Sí, ¿por dónde íbamos?

–En... en... en... en que Natalia lloraba y Shao Li le *dició*.

–Dijo, Airon; di-jo. Tienes que hablar bien, ya tienes cuatro años.

–Pero ¿qué dijo, eh?, ¿qué dijo...?

Natalia sienta a su hermano entre sus piernas, así se dan calor, y le habla bajito al oído. No quiere que Capi y los otros la escuchen. Trata de concentrarse en ese cuento inventado precipitadamente para la ocasión, con el fin de retomarlo en el punto exacto en que hace un rato lo ha dejado: a ver... Natalia lloraba sentada en la caja... la enorme caja... era su equipaje... pesaba... ¡Ah, ya recuerda!

Natalia pone voz de contadora de cuentos, como le gusta a su hermano, y prosigue la historia.

–Shao Li le habló así: «En mi país decil que mucho equipaje siemple es demasiado. Deshazte de lo que te sobla y podlás con la caja tú sola». Y eso hizo. Natalia eliminó cantidad de cosas que no le servían y que ella guardaba porque eran recuerdos de su vida pasada.

–¿Qué cosas? –interrumpe Airon.

–¡Bah, cosa inútiles! Por ejemplo todos aquellos juguetes bastante infantiles con los que ya no jugaba...

–¿Tiró los juguetes?

–Bueno, no exactamente. Se los regaló a un niña más pequeña que vivía en el centro de acogida y que los usaría mucho mejor. Después de aligerar la caja, ya no pesaba y Natalia pudo llevarla hasta su habitación sin dificultad. Y las monitoras no la riñeron. Y colorín colorado...

–¿Ya está? –la cara de decepción de Airon es evidente.

Pero Natalia no le escucha. Su mente ahora camina por los senderos a veces tortuosos de la memoria, recordando. Como la Natalia del cuento, también ella, la Natalia de verdad, llegó al centro de acogida con exceso de peso. Claro que no era precisamente una caja demasiado llena lo que le pesaba. Lo que le pesaba era el alma, abarrotada de recuerdos dolorosos de una infancia desordenada y fácil, sin normas ni horarios. Sin reglas. Costaba hacerse a la disciplina y al orden del centro de acogida. También como la

51

Natalia del cuento, por consejo de Shao Li, la Natalia real tuvo que deshacerse de una parte de su equipaje, de una parte de sus recuerdos que eran los que la hacían sufrir y llorar tan a menudo.

—¿Y ya está? —repite Airon.

Natalia regresa al presente.

—¿Qué?

—¡Que si ya está el cuento!

—Bueno... sí, supongo que sí.

—Pues qué feo. Vaya cuento más feo. No pasa nada.

No es cierto, podría decirle Natalia, no es cierto que no pase nada, para ella fueron importantes aquellos primeros días en el centro de acogida. Feos sí, pero importantes, llenos de acontecimientos. Sin embargo, no quiere defraudar a Airon.

—¡Ah, espera! —corrige—. El cuento continúa...

—¿Sí? ¿Cómo? —pregunta Airon abriendo unos ojos como huevos fritos.

—Escucha: cierto día Shao Li tuvo que volver al hospital. Ya te he contado que estaba enferma y que ingresaba a menudo para tomar medicinas que solo podían darle allí, en el hospital. Pero aquella vez iba a ser para bastante tiempo. Antes de marcharse pasó la mañana con Natalia hablando y jugando en el centro de acogida, pues era domingo y no tenían colegio, y a medida que corrían las horas, Natalia se ponía más y más triste: sabía que iba a echar mucho de menos a su amiga.

»—Pienso ir un día a visitarte —le soltó antes de que se separaran. Shao Li, extrañada, preguntó que cómo lo haría.

»–Me escaparé –respondió Natalia.

»Shao Li le dijo que eso era arriesgado, que las monitoras se podían enterar.

»–No me importa. Cuando te haya visitado me dará igual el castigo.

»Pero había un problema: ¿cómo encontraría Natalia el hospital? Nunca había estado en él y no conocía el camino. No sabía si quedaba cerca o lejos del centro de acogida. Entonces Shao Li, que quería de verdad que Natalia fuera a visitarla, le dio la solución:

»–Si haces lo que yo te digo, llegalás sin ploblema al hospital. Velás...

En ese momento Capi se pone en pie y anuncia que deben regresar. Desandarán el camino, volverán al río y Natalia y su hermano podrán dormir en la barca abandonada, si lo desean.

¿Que si lo desean? Lo necesitan más bien. Se mueren de sueño.

–Pues andando –dice Capi–, nos queda un buen paseo.

–¿Qué tiene que hacer Natalia para encontrar el hospital? –pregunta Airon cansado de que el cuento se interrumpa–. ¿Eh? ¿Qué tiene que hacer?

Pero Natalia de nuevo no le escucha. Ante la propuesta de Capi acaba de tomar una decisión. Abre su bolsa de bandolera y la vacía delante de todos. Se fatiga solo con pensar en regresar al río tan cargada. No caminará de nuevo con todo ese peso. Un sinfín de cosas caen al suelo, frente a ellos. Son cosas suyas, con las que está encariñada

53

y que cogió de casa antes de salir porque tuvo miedo de no regresar y tener que renunciar a ellas para siempre. Sin embargo ahora piensa que no son tan necesarias y que no valen el esfuerzo que supone acarrearlas por los confines de Londres.

–Pero ¿qué llevas ahí? –dice Enrico.

–Si algo os sirve, lo cogéis y en paz. Os lo regalo –dice Natalia–. Yo solo me quedo con esto... –recoge del suelo una pareja de guantes de distinto color que mete en el bolsillo de la trenca de Airon–... Y con esto –varias fotografías de Yubire, de Airon, de ella, sujetas con una goma, que decide guardar en el bolsillo trasero de su pantalón.

Ya está. Su equipaje ya no le impedirá andar. Como debe ser. Gracias, Shao Li.

–¡Ah, y esto!

Por poco lo olvida. Medio oculto por otros cachivaches, Natalia ha visto algo. Y lo rescata. Es un pedazo de papel doblado en cuatro partes. Dentro hay un mensaje que Shao Li le escribió con letras chinas cuando se despidieron para siempre la una de la otra en el centro de acogida y que Natalia conserva desde entonces como un preciado tesoro, aunque no conoce su significado. El resto de los objetos es desechado, para su sorpresa, sin pena: un grueso álbum de cromos, varias cintas para el pelo, dos libros de cuentos, la botella vacía, un reproductor de música que lleva tiempo estropeado, su perrito de peluche preferido, la pesada hucha en la que tintinean únicamente unas pocas monedas de euro, inservibles en territorio inglés, una pequeña cajita con agujeros en la tapa en la que se revuelve algo...

–¡No! –grita Airon–. ¡No quiero que tires a Gus! ¡Se morirá de frío!

Gus es una diminuta ratita blanca que roe una esquina de la caja. Airon tiene razón, no pueden abandonarla, es como de la familia. Pero la caja sobra. Natalia se desprende de ella y coloca a la ratita en el bolsillo cómodo y tibio de su chaquetón.

Los chicos revuelven y manosean los objetos despreciados por Natalia, son especialistas en ello. Algunos les sirven, otros se quedarán ahí, desperdigados, ayudando a aumentar en una pequeña parte la basura y los detritos de Londres.

–Se te ha ido la pinza, chica. No es normal salir de casa para unos días cargada con todo esto... –dice Capi meneando la cabeza–. No es normal.

Seguramente. Pero caminar tanto rato no entraba en los planes del viaje y además Natalia no piensa decirle que la última vez que dejó su casa también lo hizo creyendo que sería para poco tiempo y tardó en volver tres años.

El regreso se transforma. Ahora es más corto y más fácil. Qué alivio avanzar llevando únicamente la bolsa vacía y la mano de Airon. La comida les ha dado fuerzas. Ni siquiera tienen frío. Y lo hace, desde luego. Los charcos del suelo se han helado y Airon quiere romper la dura superficie con la puntita agresiva de su pequeña bota. En ocasiones lo consigue y el hielo entonces cruje y se resquebraja. Pero falta la nieve, no parece Navidad. Pronto llegarán al río. Allí les espera una vieja barca abandonada. Capi les ha dicho que hay mantas y un colchón, todo ello bajo una cubierta segura, aunque algo deteriorada. El movimiento del agua los acunará y los sonidos suaves de la noche les cantarán una nana. Natalia suspira de satisfacción pensando en lo que les espera. ¡Dormir! Entonces finos copos de nieve comienzan a descender sobre la tierra, duros y pequeños como confites de azúcar y el cielo oscuro algo blanqueado por la niebla se convierte en un mosaico de porcelana. A lo lejos se distinguen ya las luces que adornan el río, apelotonadas y brillantes. Mañana es Nochebuena, la Noche de los Deseos, nada malo puede pasar.

¿Quién dijo que Londres era feo?

Capítulo 4

Las primeras luces de la mañana atraviesan las rendijas de la cubierta del barco y despiertan a Natalia. ¿Cuánto habrá dormido? Poco, no hay duda, aún le pesan los ojos. El colchón es un revoltijo de ropas y mantas y Airon y ella una isla en medio de ese océano. Airon duerme a pierna suelta, destapado, y Natalia al verlo, lo tapa. Parece encontrarse cómodo; ella, en cambio, ha amanecido entumecida y helada. Mira a su alrededor: están solos. Ahora, con luz, observa el refugio donde han pasado la noche: es una barca pequeña, inestable y está tan llena de trastos como un viejo almacén. Sonríe pensando que anoche le pareció el hotel más lujoso de Londres. Se oyen diversos ruidos afuera, ruidos de barcos que transitan el río y de las potentes sirenas que los anuncian; ruidos de hombres que han comenzado en el muelle su jornada laboral. A lo lejos ladra un perro.

Natalia sale al exterior y busca con la mirada a Capi o a cualquiera de los chicos. Nadie, ni un alma, salvo algún estibador a buena distancia. La nieve caída durante la noche no ha dejado huella, solo la niebla continúa persistente empapando el aire de frío. Hace varios años que Londres sufre sequía, Vlado lo leyó en alguna parte y se lo contó a los niños. Los ancianos dicen que ya no caen las nevadas de antes. Natalia vuelve a la barca y se sienta en el colchón, junto a Airon. Tiene que organizarse, como le decían siempre en el centro de acogida. «Organiza tu cuarto, organiza tus libros, organiza tu vida…», tiene que pensar qué hacer. Buscar a Yubire y a Vlado sin ayuda va a ser imposible. Son dos agujas perdidas en un enorme pajar. Debe por lo tanto localizar los estudios de la BALLOON'S e intentar llegar allí a las ocho en punto de la noche para el programa de televisión. Pero no parece fácil; Londres es un laberinto y el tiempo que queda hasta las ocho, una carrera de obstáculos.

Sale de nuevo al exterior, mareada y confundida. Capi ahora está afuera, fumando, y la mira tranquilamente apoyado en una pila de cajas, como si no hubiera hecho otra cosa durante la noche que estar ahí parado, vigilando la barca. El rostro de Natalia se ilumina.

–¿Qué tal la piltra? –saluda Capi.

–Bien –dice Natalia–. ¿Y tú? ¿Dónde has dormido?

Capi le recuerda que los *Brothers* duermen por el día. Ya se lo dijo.

–Ah, sí. ¿Qué hora es?

Capi le dice que es la hora de desayunar. Natalia se alegra y se desinfla a partes iguales.

–¿Hay que ir al bar de Sebas? –pregunta derrotada pensando en lo que tendrán que caminar.

Capi le contesta que no, que tienen otros recursos.

–¿Sí? ¿Como cuáles?

–Ya lo verás. El lugar a donde vamos no está lejos. Y mola mazo.

Los apremia a levantarse y a seguirle, así que Natalia despierta al pequeño Airon que quiere dormir más y se revuelve perezoso entre las mantas.

Pero pronto se espabila. Capi les indica que hay un váter dentro de la barca. Está bastante sucio, pero sirve, pueden usarlo.

–¿Quieres hacer pis? –dice Natalia a su hermano–. Vamos, te acompaño.

Después Airon se calza las botas, se pone la trenca, el gorro, la bufanda y los guantes, él solo, y Natalia hace otro tanto con su ropa. Gus se ha escapado del bolsillo, pero no ha ido lejos. En seguida aparece y es devuelto a su nueva casa.

En la calle dejan que Capi les guíe. Esta vez van únicamente ellos tres. Los demás *Brothers* duermen durante las horas de luz –¿recordáis?–, son las lechuzas de Londres. Natalia pregunta a Capi si sabe dónde están los estudios de la Balloon's y Capi niega con la cabeza.

–Ni puñetera idea. Y que sepas que hay muchas cadenas de televisión, cada una tiene su propio edificio.

–¡Andá! ¿Y qué podemos hacer? –dice Natalia desolada–. Tenemos que estar allí a las ocho en punto y las horas se pasan volando.

–¿Tiene que ser *en punto*? –Capi muestra kilos de extrañeza.

–Claro. Así lo ponía en la última carta que recibí: a las ocho en punto. Y también ponía que no me adelantara ni me retrasara.

–Suena raro –insiste Capi–. Lo de las ocho en punto, vamos, como si fuera una cita con el dentista.

Vaya observación. Natalia no lo había pensado.

–Pues... no sé... no lo había pensado...

Algo tira insistentemente de la manga del chaquetón de Natalia: es la mano de Airon.

–*Dícele* lo que *dició* mamá.

Habla tan bajito, que Natalia no le oye.

–Será porque es la hora de mi actuación –dice ensimismada en su problema–. El programa se graba en directo.

–Más raro aún. Aunque tú actúes a las ocho, lo normal es que tengas que estar allí mucho antes.

Airon continúa tirando de la manga de su hermana. Habla cada vez más alto y tira cada vez más fuerte.

–¡*Dícele* lo que *dició* mamá, jo!

–¿Qué dijo mamá, pesado, qué dijo?

–Lo de la cena –responde ahora en un susurro.

«Cena» es una palabra mágica en el vocabulario de vagabundos y *Brothers* y Capi ensancha los oídos.

–¿Cena? ¿Qué cena?

–¡Ah! –dice Natalia–. ¡La cena! Después del programa nos llevan a cenar. Por lo visto va a ser una suculenta cena de Nochebuena.

–¡Flipante, piba, flipante! –Capi se relame de envidia–. ¡Quién pudiera!

–Mi madre dijo que a esos sitios no se debe llegar tarde, porque si no, la cena se enfría.

Pero Capi ya no la escucha. Por su mente desfilan sabrosos alimentos y platos con recetas de postín, manjares deliciosos que sabe que existen, comidas exquisitas que nunca ha probado y nunca probará. Es lo que tiene vivir en la calle, he ahí el precio de la libertad. Abrumado por un hambre vieja y enquistada que jamás saciará del todo, solo tiene la opción de cambiar inmediatamente el tema de conversación.

–Se me ocurre que podemos buscar la dirección que necesitas en un listín telefónico. Podemos pillar uno en alguna cafetería o en algún locutorio. Claro que...

–¿Qué?

–Que luego hay que encontrar la calle.

–¿Y?

–Y esto es Londres, no tu pueblo, colega.

–Ya.

Ambos chicos mueven preocupados la cabeza.

–Otra solución es que toméis un taxi...

–¿Sí? –dice Natalia–. ¿Con qué dinero?

–No os hace falta. La guita es lo de menos. Cuando lleguéis a la BALLOON'S esa, le dices al tío del taxi que espere, entras adentro, largas lo que os ha pasado y alguien responderá por vosotros, ¿no?

¿Y que todo el mundo se entere de que una madre despistada ha tenido perdidos a sus hijos durante dos días en

61

Londres? Ni loca. ¿Cuántos años supondría eso en un centro de acogida? Natalia responde perezosamente:

–Tal vez.

Mientras tanto han llegado a un concurrido mercado ambulante, instalado allí justo por ser la víspera de Navidad. La mayoría de los puestos se halla a cubierto, refugiados de un posible aguacero bajo techumbres de uralita sujetas con pilotes de hierro. Aunque esa precaución no tiene razón de ser: en Londres tampoco llueve ya como antes. Capi, Natalia y Airon lo atraviesan llegando hasta la zona solitaria y apartada de las basuras, en las traseras del mercado, donde también aparcan los comerciantes sus vehículos de carga. Hay tantos restos de fruta demasiado madura, puntas de embutidos, quesos con el envoltorio roto y algo enmohecidos, dulces espachurrados y postres lácteos pasados de fecha que Natalia cree soñar. Por el contrario, con el pensamiento puesto en todas las cenas de Nochebuena que no ha disfrutado, Capi intenta disfrazar su desencanto con un poco de alegría.

–¿Qué? ¿Mola o no mola?

Desde luego que mola. Ni siquiera parece peligroso estar ahí, pueden pasar por hijos de comerciantes que matan el tiempo jugando mientras esperan a que sus padres terminen de trabajar.

Ellos, de momento, solo matan el hambre y dan pequeñas cantidades de comida a Gus que, antes de llevársela a la boca, la desmigaja con sus menudas patas. Capi guarda en sus bolsillos cacahuetes rancios y, al tiempo, Airon carga la bolsa de bandolera de bollos y flanes.

–Pero bueno –protesta Natalia–, yo quitando peso y tú poniéndomelo.

Airon hace una especie de puchero.

–Para después. Por *cacaso*.

Aunque sonríe, Natalia continúa preocupada. Todavía no tiene un plan. Nada de lo que Capi ofrece como solución es de su agrado. Tiene dudas. Tiene miedo. Lanza la vista sin un objetivo, y para su sorpresa vuelve a distinguir, a lo lejos, a un hombre que lleva sombrero.

–¡Ay, Capi! ¡Ahí están de nuevo!

Capi se pone en estado de alerta.

–¿Quiénes?

–¡Los *pebis*! ¡Son inconfundibles! ¡Nos persiguen!

–Pero... ¿Cómo los conoces? ¿Dónde están esos dichosos *pebis*?

–Mira con disimulo. Allí –Natalia no señala con el dedo, solo hace un gesto con la cara. Capi advierte que, en efecto, hay un hombre con sombrero que pudiera ser que esté pendiente de ellos.

–Ese tío es un *pebis*. Los huelo.

A lo que Capi responde encendiendo de inmediato las luces de emergencia.

–¡Entonces seguidme! –grita–. ¡Toca correr!

Y eso hacen. Corren como el tiempo, vuelan como Pegaso; son tres pequeños potros huyendo del jabalí. En su carrera empujan a un anciano, tiran una torre de revistas expuestas en un quiosco, desnivelan un cochecito de bebé, pisan los pies a varios transeúntes y casi son atropellados al cruzar una calzada. En cierto momento de la huida, Natalia pierde su bolsa de bandolera. Mejor. Para casos así era un estorbo. Al cabo de todo esto paran para recuperar el aliento y para comprobar si han dado esquinazo por fin a los *pebis*.

Parece que sí. Ni rastro de un sombrero. A no ser que a partir de ahora los persigan a cabeza descubierta.

Están en un parque y resoplan su fatiga sentados en un banco. Es un parque verde, inmenso, está casi desierto, no hace día para tomar el sol. El pecho de los dos chicos mayores sube y baja como un fuelle; la trenca del pequeño Airon se infla y se desinfla como un globo. Solo Capi es capaz de hablar:

–A ver, Nata. Ahora mismo me cuentas qué historia te traes tú con esos tipos.

Natalia calla. Tose, jadea y calla.

–Tengo derecho a saberlo –insiste Capi–. Yo también me escondo, ¿sabes? Y me estoy jugando el tipo por vosotros. ¿Y quiénes sois vosotros si puede saberse? Nadie. Para mí, nadie. ¡Pucha! ¿Quién me manda arriesgar el pellejo? Durmiendo tenía que estar, tranquilito en mi piltra y no haciendo de niñera. Uno no puede ir por la vida de hermanita de la caridad, que no, leche, que no. Que luego pasa lo que pasa. Vale, me cogen y qué. Yo lo menos al talego y mis colegas sin jefe, bonita cagada. ¿Quién les dirige luego? ¿Eh? ¿Quién? ¿Vas a venir tú a hacerlo? Y mis colegas sí me importan, me importan mucho. Mucho más que tu hermano y que tú. ¡Cagüen! Yo me abro, piba, no quiero líos, aquí os quedáis.

Ahora Natalia llora. Llora, jadea y calla. Airon, solidario, le acaricia el brazo por encima del chaquetón, apoya su cabeza en ella, la abraza. Tiene los mofletes tan rojos como manzanas maduras, la pequeña boca escondida en un gesto de tristeza. Capi continúa farfullando, pero no se mueve del banco. De su boca, con toda esa ponzoña, sale una nube de aliento blanco. Reniega de brazos cruzados, las largas piernas estiradas. Los vaqueros demasiado grandes le arrastran por el suelo y van cargados de barro, de polvo y de abandono.

Alguien le dijo una vez que en la vida muy pocas personas merecen la pena y que hay que saber reconocerlas cuando pasan a tu lado. Pero no recuerda quién lo dijo. Sí cree recordar en cambio que era una voz de mujer y que esa misma voz había derramado dulces melodías sobre la camita que albergaba al bebé que en algún momento fue. ¿Su madre quizás? Es curioso, evoca nítida su voz, pero no puede acordarse de su cara. Natalia llora muy cerca de él, sin ruido, que es el llanto más amargo. Qué sola se debe de sentir. Tanto como solo se puede uno sentir rodeado de gente extraña en una ciudad superpoblada. Entonces, a lo lejos, Capi descubre algo. Es un animalito pequeño y ágil que se mueve deprisa por la hierba, entre los árboles. ¡Una ardilla! ¡Qué casualidad! Ha sido afortunado, es difícil verlas, ya casi se han extinguido. Hace años había muchas, todo el mundo lo sabe, pero han ido desapareciendo paulatinamente por el frío, la sequía y la contaminación.

–¡Nata, no os mováis! –dice Capi levantándose de súbito.

Capi se acerca al pequeño roedor con paso sigiloso. Mientras camina, rescata del bolsillo los cacahuetes que ha cogido en el mercado y va despedazándolos según se acerca al animal. Son ardillas atrevidas, descaradas, acostumbradas a la gente. La ardilla se aproxima en cuanto huele la comida; seguidamente, envidiosas, aparecen dos más y Capi entonces las atrae despacio hacia el banco en el que se encuentran sus amigos.

Sí, sí: sus Amigos. Como suena.

Natalia lo ve venir y seca sus lágrimas con la mano.

–Toma, Nata, toma Airon –dice al llegar al banco compartiendo los cacahuetes con ellos–, es posible que no veáis ninguna ardilla más.

¡Que satisfacción! Las ardillas se yerguen sobre sus dos patas traseras y con sus minúsculos dedos afilados como pequeñas garras cogen los trozos que Natalia y Airon les ofrecen. Una de ellas trepa por las piernas de Natalia y le roba los cacahuetes de la misma mano. Como sus compañeras, es marrón, del tamaño de un chihuahua y tiene una pomposa cola enhiesta, más alta que su cabeza, tan poco poblada que parece transparente. El gran curioso que es Gus asoma la cabeza por el borde del bolsillo y la ardilla, que lo ha visto, se arrima y lo olfatea. Airon ríe a carcajadas, sin parar de darle a las otras de comer. Natalia es todo asombro. Quiere cogerla, tocarla, ya ha olvidado el disgusto anterior. Ni siquiera el escozor de sus ojos le molesta. El borde enrojecido que ha quedado en ellos, y la nariz inflamada por el llanto, tampoco.

Capítulo 5

—Conozco bien a la gente de Protección y Bienestar de la Infancia –comienza a explicarse Natalia–. En España se los llama *pebis*. Cuando tenía siete años, pensaron que mi madre no se ocupaba de mí como es debido y decidieron que tenía que vivir con ellos. Pasé tres años en un centro de acogida.

La boca de Capi se ha abierto como una sima, los ojos se le agrandan; es todo oídos.

—El centro es una vivienda normal –continúa Natalia– solo que más grande y con más habitaciones. Allí te tienen hasta que los problemas que había en tu casa, o con tus padres, se solucionan. Hay niños que pasan toda su vida en un centro de acogida, hasta que se hacen mayores. Algunos se van con otras familias, son adoptados. Pero eso solo pasa si sus padres verdaderos lo permiten, claro. Te preguntarás cómo se vive en un centro de acogida –se dirige a Capi, naturalmente, que ahora, todavía sentados en el banco del parque, se ha arrimado más a ella. Las ardillas se han marchado, ya no quedan cacahuetes, y la gente que pasa ligera, enfundada en montones de ropa, no repara en los tres niños–. Pues no se vive mal. Siempre tienes ropa limpia, agua caliente en el baño y las comidas a sus horas. Hay niños y niñas con los que jugar y los monitores son muy majos y te quieren. Hay regalos el día de tu cumpleaños y en Navidad llega Papá Noel.

–¿Entonces...? –balbucea Capi.

–Entonces, ¿qué?

–Que qué tiene de malo vivir en un centro de acogida.

–Nada; de malo no tiene nada, si no cuentas que te aburren con los horarios, que has de pedir permiso para todo, que hay que recoger el cuarto a todas horas, que tienes que acostarte a las diez, que hay chavales a los que no soportas, que no ves a tu madre ni a tu hermano... La verdad es que no conseguí estar a gusto y eso que tuve la gran suerte de conocer a Shao Li –Natalia sonríe con tristeza al pensar en su amiga–. Shao Li era una niña china que vivió en el centro durante los dos primeros años que yo pasé allí. Sus padres trabajaban todo el día en una tienda de muy mala fama –ahora baja la voz para que Airon no la escuche–, de esas... ya sabes... de esas...

–¿Ilegales? ¿Contrabando? –ayuda Capi.

–Algo así, creo, no estoy segura. Bueno, el caso es que Shao Li tenía una enfermedad grave en la sangre y sus padres no tenían tiempo de cuidarla, por eso vivía en el centro de acogida, porque estaba mejor atendida allí. Nunca he conocido a una persona como ella, nunca he tenido una amiga igual. Siempre sabía qué decirte cuando estabas triste. Si no es por ella, creo que no lo hubiera soportado. Jamás la olvidaré. La canción que voy a cantar en la tele es china y me la enseñó Shao Li.

–¿Y qué pasó? –pregunta Capi–. ¿Se marchó del centro?

–Sssí... Puede decirse que sí. El gesto de Natalia se ensombrece; muy tenue, aparece cubriendo su rostro un velo de amargura.

–¿A dónde? ¿A la China? –insiste Capi.

–Nnno... a la China no...

Pero Airon no oye estas palabras, pronunciadas tan bajas como cuchicheos de insectos, ni aprecia el temblor que nace en la voz de su hermana. Tampoco le parece extraño que se haya callado de repente, incapaz de continuar. Airon nada sabe sobre recuerdos que se clavan como agujas porque los suyos, a los cuatro años, se empiezan a fabricar.

Lo que Airon sí ha oído en cambio es el nombre Shao Li repetido varias veces y ya en lo único que piensa es en que Natalia, desde ayer, ha dejado algo pendiente.

–¡¿Qué tiene que hacer Natalia para encontrar el hospital?!

No lo pide; lo exige.

–¡Ah, el cuento! –dice Natalia para que Capi se sitúe–. Le estuve contando un cuento, ayer, y lo dejé a la mitad. Cuando se cansa, o se aburre, o tiene sueño lo hago, para que no dé guerra. Ahora no, Airon. En otro momento.

–¡Jo! –es la escueta *maldición* del pequeño Airon.

69

–¿Qué tiene que hacer Natalia para encontrar el hospital? –pregunta sonriendo Capi–. A mí también me interesa.

–Bueno, si es así...

Natalia titubea. Sabe que no es cierto, ¡no le interesa!, ni siquiera conoce el principio del cuento, pero está intentando reparar su arrebato de genio anterior. Por otra parte, todavía a falta de un plan y cada vez más cerca de la hora «H», lamentablemente siguen sin tener nada mejor que hacer. Mira a su hermano, encogiendo el cuello para ponerse a su altura y pregunta:

–¿Por dónde íbamos?

–Natalia se va a escapar po... po... po... porque quiere ver a Shao Li cuando esté en el hospital pe... pe... pero no sabe ir al hospital y Shao Li le dice lo... lo... lo que tiene que hacer para buscar el hospital –salta rápido Airon con su tartamudeo infantil.

Y el cuento, como quien se pasa un mensaje, un gesto o un beso en el aire, es recogido por Natalia.

–«Esto es lo que halás si deseas encontlal el hospital», le dijo Shao Li a Natalia. «Debelás subil a la tole más alta de la ciudad y desde allí lo velás todo; también el hospital». Y eso hizo. Natalia se dirigió a la iglesia que había cerca de su casa, la casa en la que antes vivía con su madre en el barrio viejo y que estaba en una especie de colina. La iglesia tenía una torre alta, con un reloj y campanas, pero estaba cerrada por una pesada puerta con dos cerraduras. ¿Cómo entraría? Entonces leyó un cartel pegado en la pared de al lado con el horario de visitas guiadas a la torre. Se había escapado del centro de acogida y el castigo que recibiría sería monumental, lo mismo daba ya liarla del todo, así que esperó a que abrieran la pesada puerta para la próxima visita, que era en seguida, y mientras el guía reunía al grupo de turistas que quería ver la torre, ella se coló sin ser vista y subió hasta lo más alto, hasta el campanario. ¡Qué superarriba estaba! Un balconcito de piedra, muy bajo, daba la vuelta a la torre.

»Natalia lo recorrió despacio, sin inclinarse mucho, y pensó que a lo mejor otros niños de hace siglos también lo recorrieron. Se veía toda la ciudad. Enterita. Las calles estrechas y en cuesta de su barrio, su casa. Creyó ver incluso a la Juanamari del tercero llevando unas cuantas bolsas de comida hacia su portal. Pero no vio a su madre, por mucho que lo intentó. Vio la plaza cuadrada donde solía bajar a jugar cuando vivía en el barrio y las terrazas de los bares con sus mesas y sillas al sol. También vio su colegio, al que aquel día había faltado y a sus compañeros jugando en el recreo. Vio las calles nuevas, más anchas, con filas de árboles a los lados y las carreteras llenas de coches que desde tan arriba, parecían los coches de juguete de su hermano. Y vio también el hospital, grande y blanco, con una cruz cuadrada en el tejado y unas letras azules en la entrada que decían: Hospital. No tenía pérdida, ahora ya sabía hacia dónde tenía que ir. Natalia bajó las escaleras, escondiéndose de los turistas que como estaban muy interesados en lo bonita que era la torre no la vieron pasar. En cuanto llegó a la calle echó a correr. Tenía prisa por ver a Shao Li. Sabía que se encontraría muy sola. Llegó al hospital en seguida, o a ella se le hizo muy corto el camino.

También allí tuvo que colarse porque era pequeña y sabía que a una niña no la dejan entrar sola en el hospital. Y tardó lo suyo en encontrar la habitación. Pero lo consiguió. Era la 307. Abrió la puerta despacio, nerviosa, no se oía ni un ruido dentro de la habitación ¿Estaría allí Shao Li? ¿Cómo la encontraría? ¿Y si se hubiera puesto peor? Por fin entró y tuvo que mirarla bien para asegurarse de que era ella. Shao Li estaba en la cama, tapada hasta los hombros. Había adelgazado y no abultaba nada debajo de las sábanas. Además le habían cortado el pelo porque se le iba a caer entero. Pero estaba guapísima, solo que parecía más pequeña. Natalia y Shao Li se abrazaron mucho rato y Natalia pensó que estaban juntas y que ya no le importaba ni la bronca que podía caerle, ni el castigo que podían ponerle, ni nada.

»Y colorín colorado.

Silencio. Nadie habla. Solo se oye el aleteo del viento cuando barre las últimas hojas que quedan por el suelo. Al poco, Capi dice:

–¿Dónde aprendiste a contar cuentos?

–En el centro de acogida. Todos los días teníamos que leer, cada uno lo que quisiera. Y los domingos, contábamos a los demás lo que habíamos leído durante la semana. Estaba bien, era lo mejor de la vida allí. Eso, y la comida, claro, siempre recién hecha, calentita... ¡humm!

Capi se descubre pensando que hasta ahora, nunca nadie le había contado un cuento, pero la meditación le dura poco porque Natalia acaba de soltar una exclamación y ha botado en el banco como si le hubieran pinchado en el trasero.

–¡Ya está! ¡La torre!

Capi y el pequeño Airon la miran.

–¡La torre de Shao Li! ¡Capi, tienes que decirme cuál es el sitio más alto de Londres! Subiré y desde arriba buscaré los estudios de la BALLOON'S.

No está mal. A Capi le fastidia reconocer que es una estupenda idea. Y que no se le ha ocurrido a él, sino a ella.

–¿Tú crees que eso es posible? Mira que Londres es muy grande...

–¿Que si lo creo? ¡Estoy segura! ¡Gracias, muchas gracias Shao Li!

–No sé... tengo mis dudas...

Pero está cavilando, recorriendo mentalmente el plano de una ciudad que conoce como la palma de la mano, para localizar ese edificio o lugar que sea lo suficientemente alto como para permitir ver la BALLOON'S y todo Londres si fuera preciso. Ya lo tiene, ha sido fácil. Y es el sitio perfecto.

–Hay una noria muy grande, un pedazo de noria del tamaño de una catedral –explica Capi levantando y estirando los brazos tanto como puede–. ¿La conoces?

La noria, cómo no.

Hubo un tiempo en que Londres era alegre. Había música por las calles y los teatros estaban a rebosar. Se festejaba todo. Un año de esos se produjo el cambio de milenio y Londres quiso celebrarlo construyendo algo único, grandioso y emblemático: la noria del año 2000. Y así fue. La noria se hizo famosa. De todo el mundo llegaba gente

73

que quería subir. Y el comentario que hacían era siempre el mismo: «Verdaderamente esta noria es un ojo, un ojo enorme por el que se ve toda la ciudad». Pero luego vino el frío, la niebla persistente, las fuertes heladas que duraban meses. Los días se acortaron, el sol apenas brillaba y además dejó de llover. Algunos parques se secaron. La gente se volvió seria, caminaba con frío y con prisa; los músicos se metieron en sus casas y los teatros rebajaron sus precios, pues el público comenzaba a escasear. Y Londres paulatinamente se transformó, convirtiéndose en lo que era ahora: una ciudad sombría, reservada, vestida la mayor parte del tiempo con un hábito blanco de fina niebla.

–Solo hay un problema –continúa Capi–: la niebla. Hay un *güevo* de niebla como para poder ver bien en la distancia.

–No me importa, tanta no hay –dice Natalia–. Tengo que intentarlo. –Y luego mira al cielo. Parece que el día está aclarando.

–Es posible. Vamos, os llevo.

Ahora, al levantarse del banco, se dan cuenta del largo rato que han pasado a la intemperie. Tiritan y los dientes les castañetean. ¡Porras, qué frío! ¿Quién puede soportarlo? El parque queda atrás con sus robles y plátanos desnudos, y sus bonitos estanques helados, sin los patos que tuvieron la precaución de emigrar. Tal vez vuelvan con el buen tiempo. Airon tiene los dedos congelados bajo los guantes, que son de chica y de distinto color, y Natalia le agarra la mano izquierda y la mete en su bolsillo, junto a la suya y junto a la ratita, para darle calor.

–Cuidado con Gus, Airon, no la aplastes.

Luego hará lo mismo con la otra.

Avanzan a paso ligero, el frío no les permite otra opción. Sin embargo, Natalia está animada. Van a subir a la noria, aún no sabe cómo, pero lo harán. Desde arriba, buscarán el edificio de la BALLOON'S; no importa la niebla, lo conseguirán. Es Nochebuena, la Noche de los Deseos, así lo creen Natalia y Airon, ya que así les han enseñado a creerlo.

Y espero que todos vosotros también lo creáis, porque si no, esta va a resultar una historia muy triste.

Atraviesan el centro por las zonas más concurridas y en ciertas ocasiones se encuentran inevitablemente con algún *pebis*. ¿Es que no van a conseguir quitárselos de encima? Salen como cucarachas, los persiguen, los acosan. Cada poco, es normal tener que esconderse. Aparecen y desaparecen, se muestran y se ocultan, pero por alguna razón, nunca llegan a atraparlos. ¿Podría ser que esos hombres tan solo los espíen intentando determinar si son o no niños abandonados?

O podría ser que en Nochebuena, para dos corazones empachados de fe, sea difícil que algo salga mal.

Han llegado. Allí, enfrente, al otro lado del río, ¡la noria! La contemplan unos instantes. Es enorme, salpicada de cabinas ovaladas, acristaladas y cerradas. No se para nunca. Como la Tierra, gira despacio, con una cadencia constante y uniforme. Cruzan el río por el puente que tienen más a mano, un puente de hierro tan antiguo como los viejos museos, y cuando se encuentran bajo ella entienden cómo debe sentirse una hormiga junto a una montaña de acero.

–Bien –dice Capi–, esta es. Alucinas, ¿no?

Natalia mira hacia arriba y la boca se le redondea en un gesto de asombro.

–¡Qué pasada!

Asomada sobre el río, gira como una rueda de bicicleta o como una rústica noria de granja que estuviera movida por todas las mulas del planeta.

–Y ahora tenéis que montar... –sigue Capi.

–¿Tenemos...? –pregunta Natalia asustada ante lo que adivina como una retirada de su amigo.

–Tenéis, sí, tenéis. Y cuesta dinero.

En efecto. La noria está bien vigilada, nadie puede subir sin el tique correspondiente. Y el tique se obtiene previo pago, en una taquilla que hay junto a la noria. Capi continúa:

–La idea de subir ha sido tuya, o... o de esa piba china comosellame, qué más da. Yo no tengo nada que ver, yo aquí sí que me abro. Estoy agotado tía, no he dormido desde ayer y los *pebis* no nos han dejado en paz en todo el día. Todavía me trincan y acabo yo en un centro de esos por vuestra culpa.

Le sobra razón y Natalia tarda escasos segundos en darse cuenta de ello.

–De acuerdo, sí, lo comprendo.

Pero tiene miedo. Se ha acostumbrado rápidamente a la protección y a la compañía de Capi y si se marcha y los deja, se va a sentir más sola y abandonada que nunca.

–¿Cómo vais a conseguir el dinero? –dice Capi antes de irse–. Sin dinero no hay noria. Ni siquiera yo sería capaz de colarme.

Ahora, de nuevo, se hace el silencio. Natalia y su hermano callan abrumados por la difícil dirección que están tomando los acontecimientos.

–Mirad, si se trata de pillar poca guita, lo mejor es dar un repaso a las máquinas tragaperras, o de tabaco, o de refrescos, siempre suele haber alguna moneda atascada. También podéis rastrear algún mercado, seguro que encontráis algo de plata por el suelo, poca claro. El último recurso es el robo.

Continúa el silencio. Capi suelta un suspiro y prosigue, dirigiéndose a Natalia como lo haría un maestro a su alumno:

–A ver, es fácil, che. Te acercas a una vieja por detrás y le birlas el bolso. Luego hay que echar a correr, claro. Y mucho; si te pillan la has pifiado.

Más y más silencio. Toneladas de silencio tan incómodo o incluso más que, en ocasiones, algunas palabras. Capi comienza a alterarse.

–Otra solución es que pongas a tu hermano a la entrada de una iglesia y que pida limosna del tirón. ¡Carajo! ¡Habla! ¡Di algo! ¿Qué quieres que haga yo? ¿No he hecho bastante? –gradualmente eleva el tono de voz y ha comenzado a caminar con furia en un radio aproximado de cincuenta o sesenta centímetros–. ¡Eres idiota Capi, idiota de remate, te lo han dicho muchas veces, y tú, como siempre, flipando, no te enteras, no espabilas! ¡Pero se acabó! ¡Lo siento, tía, he dicho que me largo y me largo!

Natalia lo mira seria, comprensiva, solidaria. Pero sobre todo agradecida. Extiende su mano ofreciéndosela a Capi que, todavía enfadado, hace una mueca de desprecio con la cabeza y la rechaza.

–No te preocupes –le dice Natalia. Nos las arreglaremos –trata de sonreír y aunque no puede, no por ello su cara permanece menos luminosa–. Y muchas gracias, de verdad. No sé qué hubiéramos hecho sin ti.

Y entonces el lobo que era Capi, queda de inmediato convertido en un cordero.

–¡Soy un gili y un idiota! ¡Idiota de remate, si lo sabré yo! ¡El idiota más grande de este pendejo mundo! –resopla, farfulla palabrotas, se mesa el crecido pelo–. ¡Bah, un julai y un idiota! Y además no tengo arreglo. Esperadme por aquí, anda, no hagáis nada; vuelvo en un cochino momento.

Eso dijo. Como lo oís. Natalia me contó que Capi puso en movimiento sus largas y delgadas piernas y desapareció engullido por Londres y por la niebla.

Capítulo 6

Natalia y el pequeño Airon se han sentado en el bordillo frío y duro de unos jardines cercanos a la noria. Ha pasado mucho rato, horas tal vez, y Capi no ha regresado. El cielo sigue cubierto pero tras la cortina de niebla, muy tenue, a lo mejor brilla el sol. Sin embargo no debe de quedar mucho rato de luz y Natalia lo sabe. Vlado les contó que en invierno el sol se pone en Londres a las cuatro y media de la tarde. ¡Y llevan tanto rato deambulando por ahí! Poco puede faltar para esa hora. Mientras esperan a Capi, miran los vagones de la noria que se mueven a su ritmo siempre uniforme y regular. Son como pequeños satélites en órbita sideral. Los ojos enrojecidos de los niños se desplazan con ellos. No hay mucha gente que quiera subir, el precio es elevado y por ello giran solitarios y herméticos en su viaje sin fin.

Un ruido sobresalta a Natalia y desvía los ojos de la noria. Es Capi que llega corriendo. Viene sudoroso, fatigado, con el chaquetón abierto, roto y descolocado. Natalia y Airon se levantan.

–¡Toma! ¡El dinero! –grita Capi antes de que Natalia pueda abrir la boca.

Y le lanza unos billetes y alguna moneda, que son recogidos por ella en el aire y en el suelo. Capi no se detiene, pasa de largo a galope y Airon corre tras él porque se siente feliz de verle de nuevo y porque cree que todo forma parte de un juego.

–¡Airon! –chilla Natalia olfateando el peligro–. ¡Vuelve aquí!

Justo había enlazado los brazos alrededor de su hermano cuando aparecen dos tipos que corren también. Persiguen a Capi, aunque este les lleva ventaja, y no transmiten buenas intenciones. Son dos chavales algo mayores que Capi, de cabello rapado rubio anglosajón y visten ropa militar, sucia, raída e informal. Los tatuajes rebasan sus cuerpos y asoman por los cuellos de sus cazadoras mostrando dibujos y mensajes combativos en sus cogotes pálidos y desnudos. Son grandes y fuertes, da pánico que alcancen la presa que persiguen. Pero de pronto frenan y se detienen: han reparado en Natalia, que sujeta al pequeño Airon paralizada por la sorpresa y el miedo.

Vuelven sobre sus pasos y se aproximan a ellos; de sus ojos muy azules salen puñales de acero.

Ya están aquí.

–*¡The money! ¡The money!* –gritan los cabezas rapadas. Y gritan muchas más cosas que Natalia, desde luego, no comprende.

Aúllan como bestias y lanzan un aguacero de saliva por la boca. Tienen los dientes negros, agujereados y carcomidos y la lengua taladrada por pequeñas bolitas de acero.

–*¡The money! ¡The money! ¡Come on!* –repiten zarandeando a Natalia por el brazo.

Está claro como el agua. Quieren el dinero que Capi ha conseguido para la noria, quién sabe cómo y quién sabe dónde. Con el jaleo que se ha armado, Natalia no lo ha podido contar, pero seguro que es mucho. O al menos lo suficiente para que dos agresivos vagabundos se peleen por él. Los cabezas rapadas empujan a Natalia y la arrastran a un lugar apartado y solitario de ese pequeño parque, donde nadie pueda verlos ni oírlos, y vuelven a exigir *the money* cada vez con mayor violencia mientras arrojan desaires intraducibles por la boca. Airon se ha echado a llorar con un llanto profundo que perfora los sentidos y ese sonido angustiado viaja a gran velocidad en una estela invisible que llega hasta los oídos de Capi.

Entre tanto Natalia se resiste, forcejea. Y no sabe por qué. Ella les daría el dinero, su seguridad y la de Airon son mucho más importantes. Pero una fuerza mayor cuyo origen ignora, hace que se defienda. Tal vez sea el natural instinto de supervivencia que –dicen–, todos llevamos dentro.

–¡Augg! –grita uno de los cabezas rapadas.

Y es que Natalia le ha dado una patada bien fuerte en la rodilla con esas buenas botas nuevas que posee.

El chico golpeado no va a contraatacar; sería un acto cobarde y desproporcionado, su adversario solo es una niñita en edad escolar, así que ordenando a su compañero que la sujete, se dispone a registrarla para encontrar el dinero que, por la confusión del momento, ella ya no recuerda dónde guardó. Le abre las manos que se cierran como cepos, dedo por dedo: nada; busca en uno de los bolsillos: nada; luego en el otro... ¿qué hay aquí? Algo ha mordido su mano. ¡Una rata! El cabeza rapada profiere una maldición y se lleva el dedo herido a la boca, pero solo unos segundos. Rápidamente agarra a Gus y la saca del bolsillo lanzándola tan lejos como sus fuerzas lo permiten. Al hacerlo, varios billetes se desparraman por el suelo y el compañero, que lo ha visto, los recoge y guarda de inmediato.

Por fin han hallado el escondite. Van a apoderarse del resto del dinero, le van a limpiar el bolsillo, pero entonces irrumpe un cuerpo ágil que se lanza sobre ellos derribándolos al suelo.

–¡Capi!

Los tres chicos se enzarzan en una reyerta colosal. Capi tiene buenos puños. Y los sabe utilizar, no es su primer enfrentamiento. Esquiva con adiestrada técnica numerosas veces ensayada los golpes enemigos y sacude a sus adversarios con tanto coraje como un fiero león defendiendo la manada. ¡Qué pelea! Natalia cierra los ojos porque no puede ver el espectáculo. Airon, mientras tanto, entre hipos y gemidos corre a rescatar a Gus.

Capi está que muerde. Furioso contra ellos por haber hecho llorar a Airon y por haber visto a Natalia acorralada, propina puñetazos con bastante buena puntería y las mandíbulas de sus contrarios rechinan a cada golpe de puño. ¡Zas! ¡Pum! ¡Crash! Es un diestro campeón, el mejor que puede haber; el «jefe» en las artes del combate.

Claro que eso no podía durar. Finalmente los cabezas rapadas reaccionan, también ellos saben luchar, alumnos aventajados de la escuela de la calle. Ahora ambos adversarios dan y reciben a partes iguales.

¿Pero es que nadie va a hacer nada? Natalia chilla insistiendo en que lo dejen, ofrece el dinero que le queda a los cabezas rapadas, aunque ya no la escuchan y su voz se estrella en el aire, cae al suelo y como polvo liviano se desvanece.

Y para colmo, Capi comienza a perder. Aunque es más bravo y mucho más ágil, son dos contra uno, un combate desigual. Sangra por la nariz y en su rota ropa han brotado ramilletes de flores rojas. Los cabezas rapadas lo tienen bien sujeto, uno por los brazos, el otro por los pies y le patean los flancos sin gota de compasión. Una y otra vez las patadas se suceden, y las botas militares de esos chicos quebrarán las costillas de Capi y pintarán de rojo y de violeta una espalda que ha crecido entre peleas.

Capi de pronto no se defiende, se diría que ha perdido el sentido. Natalia corre a buscar ayuda, llama pidiendo auxilio, ya no le importa la noria, ni los *pebis*, ni siquiera el centro de acogida; solo la vida de Capi. Alguien la oye, se arrima a ella y la escucha. Después mira a lo lejos, allí donde tres gamberros se zurran... ¡Bah! ¡Bandas rivales!... ¡Vagabundos!... ¡Que se maten! La persona en cuestión se retira, demasiado poco interesada en trifulcas callejeras. Después una anciana se detiene frente a Natalia que ahora llora y apenas puede explicarse. Junto a ella, el pequeño Airon llora también. La anciana acaricia el pelo de Natalia y cachetea suavemente las húmedas mejillas de Airon. Es muy vieja, tanto como para pertenecer a la generación casi extinguida de corazones bondadosos, pero no lo suficiente como para desentenderse del uso del teléfono móvil. Hace una simple llamada e inmediatamente se escucha, ululando a lo lejos, la sirena de la policía.

Capi parecía herido, desmayado, y seguramente lo estaba. Pese a ello se incorpora en cuanto oye la sirena. Y, cosa curiosa, los cabezas rapadas le ayudan a hacerlo. Capi huye de allí, torpe y cojo, todavía sangrando por la nariz, alejándose de la sirena que a todas luces es el peligro principal. Pero no huye solo, escapan los tres. Juntos, a pesar de ser rivales, unidos ahora en un miedo común.

No olvida Capi volverse cuando aún Natalia y Airon pueden verle y levanta la mano agitándola en el aire. Bajo la sangre que tinta su cara se le adivina una sonrisa.

—¡Chao, amigos! —dice tosiendo y esforzando mucho la voz para que le oigan—. ¡Que os vaya bien!

En cambio, la mano de Natalia no puede despegarse de su boca.

—Hasta... siempre... —susurra trémula, emocionada, tan bajo tan bajo, que seguramente solo lo ha pensado.

Capítulo 7

Cuando el coche de patrulla aparece, el campo de batalla se ha despejado. Es un coche blanco, con franjas rojas y amarillas en sus costados. En el techo, junto a la luz azul brillante que gira y parpadea se lee: POLICE. Solo un grupo de curiosos hace bulto allí, en aquellos jardines desangelados que en otro tiempo o en otra estación, tal vez tuvieron flores. Supongo que dos policías bajarían del coche. Supongo del mismo modo que esos dos policías revisarían el escenario de la pelea, buscando pistas o armas, como es su obligación. Es posible que incluso llevaran sus pistolas cargadas y desenfundadas. Pero solo lo supongo, porque Natalia y Airon nada de esto vieron. Tras decir adiós a Capi, también abandonan el parque, despacio, cogidos de la mano, y tan tristes como huérfanos en un funeral. Nadie repara en ellos, se vuelven invisibles a los ojos de la gente; son como dos estrellas fugaces en una mañana de sol.

Caminan hacia la oficina de la noria, pues van a subir. Gracias a Capi tienen dinero para el tique. Natalia ha contado moneda a moneda y billete a billete lo que los cabezas rapadas no han conseguido robarle y piensa que debe de haber suficiente. Pero está en un gran error: cuando tienen delante la lista de precios comprueban con desánimo que es carísimo subir. E imposible para su insuficiente economía. Natalia hace un nuevo recuento del dinero por si ha habido suerte y ha contado mal en el recuento anterior.

Pero no, ni un triste penique de más. Lo que suponía.

–Nada, no nos llega –murmura como para sí. Luego se dirige a Airon–. No nos llega Airon, no hay tanto dinero como para que subamos los dos.

Y así es en efecto. De pretender subir, solo les alcanzaría para comprar un único billete.

¿Qué hacer? Hay que pensar y decidir deprisa, el tiempo vuela. Pronto caerá la noche y ante esa nueva dificultad, buscar el edificio de la Balloon's con el único obstáculo de la niebla parece un juego de niños. Podría subir Natalia y que Airon la esperase abajo, formalito como un hombre. Vlado siempre le habla así y a Airon le hace gracia. Si se lo propone con esas palabras seguro que se queda tranquilo y obedece. Natalia mira de refilón a su hermano; tiene los ojos hinchados y la cara sucia de tanto llorar. De la nariz le salen dos regueritos acuosos y ella ya no sabe si es por el llanto o porque está pillando un resfriado tamaño XL. Por un instante se lo imagina sin ella, quieto en algún lugar cercano, tiritando de frío mientras la espera, y a merced de tantos y tantos peligros como acechan...

No, ni hablar. Por nada del mundo consentirá dejarlo solo en una ciudad tan complicada.

–Tienes que subir tú, Airon, no hay más remedio –dice resuelta.

–¿A *nónde*? ¿A la noria?

–Sí, a la noria. No quiero dejarte solo en la calle. Prefiero que subas tú y yo te esperaré a la salida.

–No. Quiero contigo.

Airon arruga el entrecejo y frunce la boca y Natalia recurre entonces a su muy ensayada faceta de madre sustituta.

–A ver... No puede ser. No nos dejan subir a los dos. Iría contigo, de verdad, pero no es posible, solo tengo dinero para un tique. Sé un chico bueno y obedece, anda.

–Quiero contigo –repite Airon–. Quiero contigo... –mientras protesta, da paraditas en el suelo con el pie derecho–... Quiero contigo...

–Airon, escucha. ¿Prefieres que suba yo y quedarte aquí abajo tú solo? ¿Eso prefieres?

–¡Quiero contigo, yo solo no, quiero contigo!

–Pero Airon...

–¡Solo no..., quiero contigo...! ¡Quiero contigo...!

–¡¡¡Airon!!! ¡¡¡Escúchame!!!

El grito que ha dado Natalia asusta al pequeño Airon que, de momento, se calla. Natalia inspira profundamente cerrando los ojos, como ha visto hacer a las mujeres estresadas en cualquier teleserie de moda. Luego expulsa el aire despacio, ante la mirada compungida de su hermano. Bien, así está mejor.

–Hace años –dice Natalia– yo también me quedé sola en el centro de acogida. Mi mejor amiga, Shao Li, un día se tuvo que marchar, y para siempre, no como cuando la llevaban al hospital. Las dos sabíamos que nunca nos volveríamos a ver. Cuando nos despedimos yo me agarré a ella y no quería dejarla marchar. Me agarré a su cuello llorando y gritando que no me dejara sola. Como tú ahora me has hecho a mí, Airon. Yo también era pequeña, y estaba asustada. Y ¿sabes lo que me dijo Shao Li, eh, sabes? Me dijo que nadie está solo si en el mundo hay una persona, una sola, que piensa en ti. ¿Lo entiendes? Tú me tienes a mí, Airon, y da lo mismo dónde estés tú o dónde esté yo, siempre estaremos juntos porque yo siempre pensaré en ti.

Airon respira intermitentemente repetidas veces y se limpia los mocos con la manga. Mientras Natalia le habla, inclinada como está ante él, la llavecita de globos bascula un poco más abajo de su cuello y Airon la sigue con los ojos. Se ve muy llamativa, multiplicada y brillante a través del caleidoscopio de las lágrimas.

–Ahora sube a esa noria, y busca el edificio de la Balloon's. Te voy a explicar cuáles son sus letras, como cuando jugábamos en casa a las maestras. Es muy fácil. Yo estaré aquí, sin moverme, esperándote. Y atiende bien, estas son las letras:

»Primero va una B, la de las dos barriguitas, ¿te acuerdas? –Natalia a la vez que deletrea, va gesticulando con la mano–. Luego la A de Airon, la escalera del pintor.

»Después van dos eles, el palito con zapato, ¿las ves?

»Luego dos oes, una O y otra O, dos rosquillas.

»Una N después, la primera letra de mi nombre.

»Y al final una S, la culebrita, ¿recuerdas?

»Solo tienes que buscar esa palabra. Estará escrita bien grande, seguramente con luz, en un edificio moderno, ya lo verás. Cuando la encuentres te fijas bien en qué dirección está, guíate por el río, y si hay cerca algún palacio, o iglesia, o tienda grande, algo que nos sirva de referencia. No lo olvides: Be, A, eLe, otra eLe, dos Oes, eNe y eSe. Puedes hacerlo, Airon, ya eres mayor.

–¿Lo... lo... *loncontraré*? –balbucea Airon–. Hay humo todo el rato y no se ve nada.

–Lo encontrarás, Airon. Eres muy listo y además es Nochebuena. Lo encontrarás.

–Pues vale.

Ahora vamos a dejar a Natalia abajo, a la salida de la noria y vamos a subir con Airon en esa cápsula transparente que parece el huevo de un gigantesco pájaro de cristal.

Aunque el vigilante le ayuda, según entra, da un traspié. Nada importante. Le ha tocado en una cabina que va casi vacía, tan solo cuenta con la compañía de una pandilla de jóvenes y dos señoras de bastante edad. Una de las señoras lleva una bolsa de tela a cuadros acolchada y confortable con un perrito pequeño en su interior. El perrito tiene el pelo corto, de color canela y mira a Airon con las orejas tiesas y las dos patas delanteras apoyadas en el borde de la bolsa. Las mujeres hablan entre ellas y continuamente exclaman: «*Mon Dieu, mon Dieu*». A veces se dirigen a Airon que baja la cabeza, porque aparte de que no las entiende, tampoco iba a molestarse en contestar. Tiene cosas más importantes que hacer. Como por ejemplo contemplar desde el cristal la ciudad que se va achicando a medida que su vagón sube y escala despacio las paredes del cielo. Y sin embargo, qué grande es Londres. Hay filas y filas de calles que se aprietan, manzanas de casas que descubren sus tejados de pizarra gris, y el río, que parte la ciudad en dos. Las tiendas ya tienen sus luces encendidas y en las fachadas más lujosas centellean por miles las bombillas de Navidad. Pero la niebla parece que se aglutina y espesa según Airon asciende; dentro de poco a sus pies solo habrá una densa nube blanca.

Y de pronto... algo sucede en el aire. Un fenómeno insólito, un prodigio, un milagro, sí, eso es, solo puede ser un milagro. La cortina de niebla tiembla, se difumina y diluye, se abre cortada por el cuchillo del sol que quiere mostrarse antes de esconderse tras las últimas casas de Londres. Airon da un salto y recorre con los ojos el panorama urbano que ha surgido más allá del ovalado vagón de la noria. Ahora, como por arte de magia, la claridad es total. Y él está arriba, a muchos metros del suelo, en la cúspide de la noria. Es el momento de buscar el edificio de la BALLOON's. Como impulsado por un motor a pilas, Airon circunda la cabina entera y al hacerlo pisa a las dos señoras que protestan y le riñen. ¡Bah! No piensa sentarse. Necesita verlo todo y no hay otra manera de hacerlo. Las señoras no hablan su idioma, posiblemente ni siquiera inglés, pero una de ellas agarra a Airon por un brazo y lo sienta violentamente en los asientos centrales a la fuerza. Al hacerlo aúlla algo confuso que a Airon le parece una especie de rebuzno.

–¡No! ¡Fea! ¡Déjame! –dice Airon soltándose de un brusco tirón. Se levanta al instante. De sus ojos de niño pequeño salen briznas de fuego.

–*¡Oh, mon Dieu!* –dice la señora palideciendo ahora ante un crío tan maleducado.

–¡Guau! –dice el perro.

Es la ocasión esperada y Airon lo sabe. Nunca va a estar más alto, nunca va a haber tanta luz. Recuerda las letras que Natalia le ha explicado con paciencia: primero va una B, la de las dos barriguitas...; luego la A, la escalera del pintor...; después van dos eLes... Pero no consigue encontrarlas, ningún rótulo o letrero con esa combinación. ¿Y si no existiese? ¿Y si se llamara de otro modo? ¿Y si el edificio estuviera tan lejos que ni desde la noria se ve? BALLOON's, BALLOON's, ¿dónde estás? La cabina acristalada avanza sin pausa con el girar uniforme de la noria, en seguida comenzará a descender. Como el sol, que aunque luce aún como no lo ha hecho en todo el día, por momentos se asemeja a una pelota que cae. BALLOON's, BALLOON's... Primero va una B, la de las dos barriguitas, luego la A, la escalera del pintor... Las calles paulatinamente se acercan a Airon, se dilatan y se expanden, las luces destacan con más intensidad en las sombras igualadas del crepúsculo.

Airon se sienta, derrotado. No encontrará el edificio de la BALLOON's y cuando se reúna con Natalia tendrá que decirle que no es tan listo como ella pensaba y que la

Nochebuena no es la Noche de los Deseos. El perrito lo mira curioso desde su casa de tela. A él no le importa lo que se ve o se deja de ver desde la noria, él no tiene una misión. Pronto, la noria finalizará su recorrido; el sol, envidioso, también. Entonces Airon se pone de nuevo en pie y se encarama sobre su asiento mirando una última vez a través de los cristales. Ahí donde otros en otro momento se sentarán, sus botas dejan una sucia huella marcada.

Muy al fondo, en la otra orilla del río, entre compactos edificios antiguos y otros más modernos, Airon ha divisado algo que, de súbito, le llama la atención. Es un dibujo luminoso en la fachada de un bloque demasiado alto como para no haber reparado en él. El dibujo representa un manojo de globos, cinco en total, cada uno de un color. Bordeados de neón, brillan con tanta fuerza que eclipsan todo lo demás. ¿Pero cómo no lo ha visto antes? ¡Es el manojo de globos que Natalia lleva al cuello, la famosa llave que lo tiene cautivado! Que se esté haciendo de noche, seguramente le ha ayudado a descubrirlo. Bajo los globos, Airon distingue y reúne una a una con gran regocijo las letras que ya ni soñaba localizar: Primero va una B, la de las dos barriguitas, luego la A, la escalera del pintor...

–¡*Loncontré, loncontré!* –grita Airon al perro, rojo de entusiasmo.

–¡Guau, guau! –responde el perro asomándose todavía más a su balconcito a cuadros.

Y Airon se fija bien en el lugar y guarda en su cabeza todas las notas precisas: está al otro lado del río y enfrente de donde se está metiendo el sol. Cuenta los puentes que separan la BALLOON's de la noria: uno... dos... cuatro en total, y se fija en algún edificio importante cercano. Ya está. A poca distancia de la BALLOON's hay una iglesia clara, muy grande. No es como las que él conoce pero sabe que es iglesia porque tiene una cruz. Es mayor que cualquiera de las que Airon ha visto hasta entonces y también mayor que el conjunto de edificios que la rodean. Pero no es más alta que la noria, eso no. Por un lado tiene dos torres cuadradas, una de ellas con relojes negros en sus fachadas, y por el otro una torre alta, gorda y redonda que termina en un tejado oscuro, con la forma de un paraguas abierto. Encima del paraguas es donde está la cruz. Con esos datos llegar a la BALLOON's va a ser fácil, así que misión cumplida. Natalia va a estar satisfecha de él.

Cuando Airon abandona la noria, ya es noche cerrada. Natalia, que lo espera ansiosa, corre a su lado.

–*¡Loncontré, loncontré!* –grita Airon.

Natalia entera palpita de orgullo y de gozo.

–¿Y sabrás llegar?

–Sí, está chupado.

Todos los abrazos que existen se agrupan en uno. Y todos los besos también. ¡Qué noria mágica y prodigiosa!: ha subido un niño y ha bajado un hombrecito. A decir verdad, Natalia sabe que tiene el hermano más listo del mundo, el mejor que le podía tocar. De la mano, comienzan a caminar. La gente junto a ellos circula deprisa, con bolsas de comida, paquetes y regalos típicos de la Navidad. Probablemente van a juntarse con amigos o parientes para la cena de Nochebuena, como es natural. Como ellos. Pronto se reunirán con Vlado y con Yubire y tras el programa irán a cenar. ¡Mmmmmm! ¡Qué hambre! No han comido nada desde por la mañana, solo de pensar en la cena se relamen. Pero Capi no cenará. Ni solo ni acompañado. Natalia nota una presión en la garganta al acordarse de él. ¿Qué hará? ¿Dónde estará? Tiene que pensar en otra cosa, el recuerdo de Capi es demasiado doloroso.

–¿Qué hora será? –pregunta Natalia por preguntar, en realidad a nadie–. ¡Ay! ¿Llegaremos a la BALLOON's a las ocho?

Y entonces un suave sonido metálico que reverbera inunda el aire de una monótona y acompasada melodía. Puede venir de un pájaro, de un espíritu celeste o simplemente de una campana.

–*¡Big Ben!... ¡Big Ben...!*

Y así hasta cinco veces.

–¡Las cinco! –exclama Natalia–. ¡El reloj que canta!

No lo había oído hasta ahora. Otro milagro.

Giran sobre sí mismos buscando el reloj, retroceden siguiendo la dirección del sonido. Natalia cree recordar que está en una torre cuadrada y que es grande y redondo como un planeta, en casa o en la tele ha debido de ver alguna imagen de él. Claro, allí está la torre, con el río a sus pies, y guardando la gran campana que tañe las horas. Por fin saben el tiempo que falta para el programa. Intentarán llegar a la hora, van a poner todo su empeño en conseguirlo. No piensan permitir que la cena se enfríe.

Capítulo 8

Durante el día Londres es un hormiguero humano, el tráfico marea y junto al río atruenan espantosas las sirenas de los barcos. Pero por la noche la ciudad se disfraza de silencio. Quizás hoy de manera especial, ya que por ser Nochebuena la gente se ha recogido pronto en sus casas.

Natalia y el pequeño Airon han atravesado el río por el mismo puente antiguo que ya cruzaron antes y se dirigen a buen paso a la zona donde Airon dice haber visto el edificio de la BALLOON'S. Caminan junto a la orilla para no perder la ruta y cuentan los puentes que van dejando atrás: Airon ha dicho que pasando cuatro, ya están cerca. Pero de puente a puente hay un largo trecho y no tardan en notar en sus cuerpos el peso de todo un día de vagabundeo. Las tiendas cierran sus puertas y también aquellas cafeterías y *pubs* que saben lo poco rentable que será trabajar durante la familiar y hogareña noche de Nochebuena.

Después de mucho caminar, han llegado al destino elegido. Airon conoce el puente en cuanto lo ve porque es muy diferente a los otros. Es un puente estrecho, metálico y moderno, sin coches, solo para personas, y se llama *Milenium Bridge*, o al menos eso dice en un letrero situado cerca de él. Si Airon se ha explicado bien, desde aquí, avanzando en línea recta hacia el revoltijo de calles, se darán de morros con la iglesia y detrás de la iglesia, a solo unas manzanas, ¡la BALLOON's!, el ansiado edificio, no tiene pérdida. Natalia presiente a Yubire y a Vlado muy cerca, dirigiéndose como ellos al programa donde un plató amplio y luminoso les aguarda. ¿Cómo estarán? ¿Qué pensarán? ¿Habrán dado parte de la desaparición de los niños? Hum, difícil: si hay una sola madre en el mundo dispuesta a dejarse quitar por sus despistes una segunda vez a sus hijos, esa no es Yubire. Pero una duda terrible flota en el aire, y es: ¿los habrá buscado por Londres? En cualquier caso el programa *Un minuto de gloria* por fuerza los tendrá que reunir. Se abrazarán delante del público y de las cámaras, derramarán unas cuantas lágrimas, se pedirán perdón por algo que muy pronto habrán olvidado y se terminará la aventura. Tal cual. La tele todo lo puede. Sintiendo a sus seres queridos tan cerca, Natalia experimenta una sensación de congoja. ¡Son tantas las cosas que han pasado! Y total, en apenas dos días. Y ni siquiera completos.

Ya inmersos en las calles, pronto aparece la iglesia, fenomenal mole de piedra que muestra el esplendor típico de las iglesias importantes; fijo que además es catedral. De día, seguro que es bonita, pero de noche, iluminada tan solo por los focos se muestra llena de desolación y de sombras. La gran torre circular con su tejado en forma de paraguas proyecta destellos dorados y negros.

–Cúpula, Airon –dice Natalia señalándola con el dedo–. Los tejados redondos en forma de paraguas se llaman cúpulas. Muchas iglesias las tienen.

–Ah –conviene Airon.

Caminan un poco más, tratando de seguir la dirección que en su momento el guía Airon indicó. Ahora surgen edificios modernos, con fachadas espejadas que devuelven casi intactas las imágenes cercanas. Forman un océano reluciente de cristal, aluminio y acero. Airon dice:

–¡Ese es. Ahí está! ¿No ves los globos?

Por supuesto que los ve, relumbra su neón de todos los colores, son demasiado evidentes. Y bajo ellos las palabras tanto rato buscadas: Balloon's International T. V. Por fin. A pasos trémulos se acercan y cuando están justo enfrente de la puerta principal se detienen. Casi no se lo pueden creer. Han llegado; hambrientos, perdidos, solos, cansados, pero han llegado. Natalia nota que su congoja crece, los ojos se le quieren humedecer y los globos bailan vistos a través del velo brillante de lágrimas.

Pero se contiene; ya habrá tiempo de llorar más adelante.

–Lo has conseguido, Airon, estoy tan orgullosa de ti... –le dice apretándole la mano.

Hay un reloj digital en la fachada: son las 18:35. El reloj también marca la temperatura ambiente: quince grados bajo cero, realmente un frío de impresión. Tal vez por eso no hay nadie en las inmediaciones de un edificio completamente céntrico y en donde además se graba en directo un programa de televisión. Y, pensándolo bien, es bastante extraño. Natalia sube los tres escalones que hay hasta la puerta y la empuja despacio, luego un poco más fuerte, finalmente vuelca todo su peso en ella y forcejea. Pero la puerta no cede ni un milímetro está cerrada y tras los cristales, en el interior del edificio, solo se ve oscuridad silenciosa y profunda.

—Jo, no hay nadie —protesta Airon a su lado.

Fastidiada y confundida, Natalia no replica. Buscan con la mirada otras entradas que pueda haber disimuladas o más retiradas, e incluso dan una vuelta completa al edificio con el fin de rastrearlo entero, pero si encuentran alguna puerta de acceso está también cerrada. Bien; será porque aún no es la hora, habrá que esperar un rato. No obstante, la soledad y el silencio pesan en las espaldas de los niños como una gigantesca mochila cargada. Sobre sus cabezas, los globos los contemplan y parecen reírse de ellos con una risa roja, verde, amarilla, azul y violeta.

—Falta más de una hora para las ocho, Airon —dice Natalia—. ¿Qué te apetece hacer mientras esperamos?

La respuesta de Airon es rápida y rotunda.

—¡Comer!

—Qué te apetece hacer que no sea comer, se entiende. Jugar a algo, pasear, sentarnos...

—Entonces no me apetece nada. Solo quiero comer.

—¿Quieres que te cuente un cuento?

—No. Solo quiero comer.

–A ver, Airon: dentro de un rato vamos a cenar una supercena. ¿No puedes aguantar un poco más?

–¡Que no! ¡Te digo que quiero comeeeer!

Ya empezamos. Natalia suspira, fatigada. Apenas le queda paciencia para soportar ni siquiera un pequeño arrebato de genio de su hermano.

–¡Bah! Paso de ti. Cuando te pones burro no hay quien te aguante.

Sin dirigirse la palabra buscan en la noche un lugar más o menos cómodo para quedarse a esperar la hora y pico que falta para las ocho que, sospechan, va a ser larga, larga de verdad. «No te retrases ni te adelantes, es muy importante», decía la carta. Natalia lo recuerda bien. De leerla tantas veces se la aprendió de memoria. Pero tenía razón Capi. ¿Por qué justamente a las ocho? Desde luego es, cuando menos, raro.

¡Dios! ¡Y si no hiciera este condenado frío que te traspasa!

–Aquí mismo nos quedamos –dice Natalia–. ¿Te parece bien?

Agotado, helado, hambriento y todavía enfadado, Airon ya no contesta.

Están en un pequeño jardín rodeado de cafeterías, todas cerradas. El jardín tiene mesas, bancos, fuentes, papeleras. Parece el lugar donde los ejecutivos de las empresas que lo rodean, en los días soleados y templados, salen a comer sus tentempiés del mediodía. Pero ahora está desierto, qué quietud. ¿Habrá alguien en la calle aparte de ellos?

Sí, claro: Capi, los *Brothers*, a lo mejor también los cabezas rapadas, los conductores de autobuses y taxis que a estas horas arrastran sus vehículos casi vacíos, los mendigos sin hogar, los borrachos, los jóvenes fugados de sus casas y tantas almas solitarias como pueblan no solo Londres, sino el mundo entero.

–Toma Airon, juega un rato.

Natalia ha desatado el cordelito con la llave que cuelga de su cuello y se la cede a Airon. Es posible que así consiga distraerlo. Y lo consigue, vaya que sí. Desde que Airon la vio por vez primera es objeto de su deseo. La coge rápidamente y en menos de lo que se tarda en decirlo, ya ha pensado a qué jugar. Pero necesita a Gus y Natalia saca a la ratita del bolsillo advirtiendo a su hermano de que sea cuidadoso con ella. Lo será, eso está hecho. Airon coloca a Gus en el banco y pone la llave de globos horizontal, a pocos centímetros de su lomo peludo y algo sonrosado. Para estar a su altura él se arrodilla en el suelo.

–Bbbrrrrmmm... –hace Airon con la boca transformando así la llave en un potente coche–. Una carrera, Gus, bbbrrrrmmm...

Parece que Airon ha olvidado por un momento el hambre. Como la niebla definitivamente se ha ido, ni siquiera hay humedad en el suelo y sus piernas no se mojarán. Natalia observa la escena complacida y se permite imaginar un feliz y rápido final. Una sonrisa se le dibuja en el rostro. Delicioso, ¿no? Pues os aviso que no os confiéis, salvo que queráis hacerlo a pesar de mi advertencia.

Transcurrido un rato Gus se cansa de recorrer el banco una y otra vez. Es una ratita curiosa y ha pasado el día encerrada en un bolsillo, justo es que ahora se aproveche de su nueva libertad. Ya ha inspeccionado la llave y la mano forrada de lana de Airon; ha movido la nariz unas cuantas veces y ha guardado en sus carrillos una pipa de girasol que ha encontrado, es decir, conoce el banco como ya conocía el bolsillo que la ha abrigado hasta ahora y pronto necesita nuevos horizontes que descubrir, así que se desliza en cuanto tiene ocasión y limpiamente aterriza en el suelo. Airon la sigue con su bólido ligero y colorista.

–Bbbrrrrmmm... Mejor. Ahora la pista de carreras es más grande.

Gus tiene unas patitas cortas y ágiles, corre a gran velocidad y conoce las artes del escamoteo. El coche de Airon casi no la puede seguir.

–Bbbrrrrmmm, bbbrrrrmmm... –acelera.

Mientras Airon y Gus juegan en el suelo, Natalia, más que ver, ha creído notar una presencia que se mueve entre los altos arbustos de boj, verdes y tupidos, con los que no ha podido el invierno. ¿Más problemas? Bueno, tal vez sean *Brothers*, a ella ya no la asustan.

Pero está recelosa, un poco confundida y en estado de alerta. Con los ojos muy abiertos, enormes sus pupilas en la oscuridad y el cuerpo tenso, Natalia recorre los jardines sin moverse apenas. Tiene la misma sensación de no estar sola que tuvo ayer en el río, cuando Airon y ella fueron acechados por los *Brothers*; y fue una sensación cierta, no la ilusión de una mente impresionada. De súbito, la presencia se manifiesta de nuevo, solo que esta vez se ha hecho notar demasiado y ella ha creído reconocer... ¡Un *pebis*!

Y no sabe por qué, ni siquiera llevaba sombrero. Pero los conoce, los huele, lo sabe, sabe que era un *pebis*. ¡Ay, Dios! ¿Y tienen que aparecer ahora, tan cerca ya del final?

La fatiga y la derrota se apoderan de todo su ser. Con gusto les gritaría: «¡De acuerdo, somos niños perdidos, cogednos, eso queríais, ¿no?!». Está harta de huir y de esconderse, de jugar al gato y al ratón. Y mientras maldice su perra suerte, la presencia se hace más tangible, más real, e incluso aumenta y se multiplica. ¡Están rodeados!

Se acabó, se largan del jardín, se marchan a la BALLOON's sin importar la hora. No puede más. Si aún no han abierto la puerta, la aporreará, la pateará, la echará abajo. O gritará hasta que la oigan y les abran, Airon la ayudará. Una vez dentro, a ver si tienen valor esos *pebis* de echarles el guante ante las cámaras de televisión. Se vuelve llamando a su hermano.

–Airon, nos vamos.

Airon no solo no contesta, ni siquiera se le ve. Natalia no sabe si es porque se ha ido lejos o simplemente por la oscuridad.

–¡Airon! ¿Dónde estás?

Repite varias veces la llamada en voz relativamente baja para no alborotar mientras rastrea los oscuros alrededores buscando entre los setos, bajo las mesas, sobre los bancos más escondidos, tras los troncos de los árboles. No quiere alarmarse todavía, pero el corazón le late tan fuerte como un gong golpeado con la maza. ¿Y los *pebis*? ¿Han desaparecido de nuevo?

–Airon, Airon...

Entonces recuerda la escena: Airon corriendo detrás de Gus en una inofensiva carrera; niño y rata jugando al más simple e inocente de los juegos. Y ella, tonta, idiota, papanatas, mala hermana, despistada, irresponsable, ha dejado que se le pierdan los dos.

Como su madre. Bonita semejanza.

Ya no le importa gritar. Grita y se desgañita llamando a su hermano mientras su corazón brinca en la caja cerrada que lo contiene.

–¡Airoooonnn! ¿Dónde estás?

En los jardines no, desde luego. Natalia abandona el lugar casi a tientas porque las lágrimas que ahora acuden a sus ojos le impiden la visión y regresa a los edificios acristalados donde hace apenas un rato apretó con orgullo la manita de su hermano. Tampoco por aquí está y ella, trastornada, se afana en entender cómo ha conseguido irse tan lejos. Se dirige a la iglesia y recorre sus alrededores sin dejarse el más pequeño recoveco, de confín a confín, subiendo sus escaleras, que son muchas, buscando tras sus columnas, mirando en sus pórticos oscuros. Nada, ni una sola pista de él. Luego, como si lo buscara en el oscuro cielo, Natalia levanta los ojos y ve el reloj que tiene casi encima de su cabeza: son las siete y quince minutos de la noche, qué poco falta para las ocho. Sin embargo sabe que los minutos serán eternos sin la presencia junto a ella de su pequeño Airon, aquel que llamó paraguas a un enorme tejado multisecular. Y entonces, al observar la cruz de la cúpula, a Natalia se le ocurre que a lo mejor funcionaría rezar una oración.

–Por favor, por favor Dios, haz que aparezca mi hermano, no me importa el dinero del programa, ni la cena, no me importan los regalos, solo quiero que aparezca, ese es mi deseo de Nochebuena, que aparezca mi hermano... Amén.

Cae sentada sobre las escaleras de piedra y hunde la cabeza en el pecho. Si no fuera porque se le agita el cuerpo al llorar, parecería dormida. Muy menuda para su edad, desde lejos también puede parecer una paloma abatida por el frío.

Pero no es una paloma, es una niña llorando todas las penas de la humanidad y todas las lágrimas del mundo.

No lejos de ahí, en cierto lugar cálido y confortable, Vlado y Yubire no ignoran lo que le pasa a Natalia. Están sentados en un moderno y rígido sofá de color rojo cereza, muy guapos y acicalados. Yubire lleva un peinado de peluquería y a Vlado le han cortado un poco el pelo. Maquillados y perfumados, visten ropa nueva y prestada los dos. Yubire parece más joven, Vlado mucho menos flaco. Pero no los juzguéis mal: nada en su rostro indica dicha o tranquilidad. Sufren por Natalia. Vlado, el amable y desinteresado Vlado, se ha transformado en un manojo de nervios y como no puede parar quieto, se levanta del sofá.

–¡Voy ir porrr ella, no lo soporrrto más!

–¡Espera! –dice Yubire con voz entrecortada sujetándolo por el brazo–. Solo un poco más...

Vlado se sienta malhumorado, frenético.

Capítulo 9

Natalia deambula cerca de la BALLOON'S. Tiene la esperanza de que Airon aparezca por allí. Va de la BALLOON'S a la iglesia, de la iglesia a los jardines, de los jardines a la BALLOON'S, sin dejar de llorar un instante. Las puertas de los estudios siguen cerradas aunque según el reloj digital, dentro de veinticinco minutos debería estar en el programa, abrazando a su madre y a Vlado, cantando la canción china, abriendo la puerta de su felicidad, esa que se abre con la llave de los globos, y preparándose para cenar. Pero no entrará. No se dejará ver sin su hermano. Ni siquiera tiene la llave. ¿Qué porras de puerta va a abrir sin la llave? Todo se ha hundido para ella, lo que hasta ahora le ilusionaba, de repente carece de interés. Caminará las calles, recorrerá el río, preguntará a los *Brothers*, no abandonará Londres hasta que no encuentre a Airon. Si los *pebis* dan con ella, pues que den. Si se deciden atraparla, que lo hagan. Total, ya sabe lo que la espera cuando todo esto termine: otra reclusión en el centro de acogida, su libertad tiene los días contados. Como ya lo ha vivido una vez, no va a morirse porque suceda de nuevo. Lo único que le importa es Airon. Que la lleven adonde sea, pero con Airon.

Natalia se cobija en un soportal, al abrigo del relente y se dispone a pasar una triste noche de Nochebuena. Sentada sobre unos cartones y apoyada en la dura loseta de mármol, sabe que no se puede dormir: los quince grados bajo cero acabarían con ella. Tiene que mantenerse despierta, moverse, esto también es La Ley. Para entretenerse, saca del bolsillo trasero de su pantalón el paquete de fotografías que no quiso tirar ayer en la superlimpieza de equipaje. Y se alegra. ¿Qué le quedaría si no de su querido Airon? Porque las fotos son instantáneas de Airon, de ella y de Yubire. Y de nadie más. Airon con Yubire en la plaza; Airon y Natalia tomando un helado, o haciendo un hoyo en la arena, aquel verano que fueron a la playa; Airon soplando velas en su cuarto cumpleaños... Nunca lo había pensado y sin saber por qué, ahora se le antoja que en esas fotografías se advierte la ausencia de Vlado. Será una tontería, pero sí, se echa de menos a Vlado. Vlado no es enérgico ni severo, no los riñe, a veces no lo ven en varios días, no cocina ni limpia la casa, no trabaja ni gana dinero, pero es lo más parecido a un padre que ella conoce. Más incluso que su propio padre, al que ya casi no recuerda. Cuando vive en casa les explica cosas de la vida que él sabe en cantidad porque le gusta mucho leer. Muy a menudo los acompaña al colegio y a veces habla con los profesores. Se interesa por sus cosas y por ellos. Algunos domingos han ido al campo en bicicletas alquiladas, como una familia normal, y Vlado ayudaba a Airon empujando su sillín por detrás cuando las subidas se volvían especialmente penosas.

Natalia recoge cuidadosamente las fotos y las devuelve al bolsillo del que salieron. Algunas quedan señaladas por botones húmedos de lágrimas. Ahora saca el papel con el mensaje en letras chinas que Shao Li le regaló el día que se despidieron. Lo desdobla y lo observa del revés y del derecho, sin comprender qué pone. La caligrafía, eso sí, es firme y armoniosa, hermosísima, como Shao Li.

Pero no estaba muy hermosa el día que se despidieron.

Fue un día lluvioso, tan triste y tan gris como iba a serlo el adiós. Natalia evoca el rostro redondo de su amiga, mucho más demacrado que de costumbre, con profundas ojeras debajo de sus ojos tan alargados y estrechos como dos rayitas pintadas a rotulador. La cabeza sin pelo, lisa y pulida como una piedra de río, estaba cubierta por un sombrero rosa de algodón. Acababa de regresar del hospital y ya se preparaba para volver a marcharse.

Aquel día gris y lluvioso, sentadas en la sala grande del centro de acogida, Shao Li y Natalia hablaron de muchas cosas durante mucho rato. Junto a ellas había también alguna niña más. Shao Li dijo a todas que partiría al día siguiente y que aquello era la despedida final. No volvería jamás al centro de acogida. A partir de entonces viviría en un hospital especial, con niños y niñas que tenían la misma enfermedad que ella.

—Pero yo puedo ir a verte —le dijo Natalia—, como el otro día cuando me escapé. Ni siquiera me castigaron tanto.

—No podlás —respondió Shao Li moviendo la cabeza tristemente—. Ahola me llevan muy lejos, otla ciudad. ¿Entiendes?

—¿Por qué...?

—Tengo que culalme, Natalia, quielo sel sana, como tú, quielo jugal y colel, no quielo sel siemple en hospital, quielo sel nolmal, como otlos niños, como tú. ¿Entiendes?

—¿Y cuando te cures? ¿Volverás?

—Cuando me cule, vivilé con mis papás en esa otla ciudad, celca de hospital. Es mejol pala mí. Mis papás ya no tlabajan en tienda y se van a ocupal de mí. Me quielen, ¿sabes? Antes también me quelían, pelo tenían tlabajo, mucho tlabajo...

Entonces fue cuando Natalia se abrazó a Shao Li llorando y suplicando que no la dejara sola, que estaba muy asustada y que no podría soportar la vida en el centro sin ella. Las otras niñas miraban la escena conmovidas.

—No, no digas eso —la animó Shao Li—. Aquí estal bien. Te cuidan, y tu mamá es celca de ti. Y tu helmanito también. Algún día volvelás con ellos.

Pero nada de eso conseguía consolar a Natalia, que no dejaba de llorar. No quería separarse de su amiga; después de su madre y su hermano, era a quien quería más. ¿Qué iba a hacer sin ella? ¿Con quién hablaría? ¿Quién le daría sabios consejos? Shao Li la apartó suavemente de sí y le secó las lágrimas con su pañuelo; parecía una mujercita pequeña con sus gestos serios y adultos y su sombrero de algodón rosa.

–Escúchame bien, amiga Natalia, lo que voy a decilte es impoltante, muy impoltante: nadie está solo nunca si en el mundo hay una sola pelsona que piensa en ti. Tu mamá piensa en ti. Y yo, desde donde esté pensalé siemple en ti. Yo plometel: siemple –y se llevó el puño cerrado al corazón y se lo golpeó varias veces–. Siemple. Esté donde esté. No lo olvides.

Puede parecer un cuento, pero Natalia como por embrujo dejó de llorar. No vamos a decir que diera saltos, pero realmente se sentía mejor. Luego Shao Li la llevó a su cuarto, aquel en el que solo dormiría una última noche y en el que ya todas las cosas se hallaban recogidas y empaquetadas. Desnudas sus paredes azules de recuerdos, fotografías y pósteres, parecía un cielo raso, sin nubes. Pero afuera llovía y el gris plomizo del cielo robaba luz a la habitación. Shao Li tomó un papel de su cartera de estudiante y un pincel de su estuche de colegial. De alguna caja aún no precintada sacó un frasco de témpera negra y untando el pincel en la pintura plasmó unas bonitas letras chinas en el papel, al modo de los antiguos escribanos, tal y como le había enseñado un abuelo anciano que ya murió.

Esto es lo que escribió:

Luego lo agitó en el aire para que la tinta se secara y se lo entregó a Natalia.

—Pala ti. Es mi mensaje; es como si fuela un tlozo de mí.

Natalia estaba tan ensimismada mirando las complicadas letras que ni siquiera se le ocurrió preguntar qué significaban. Más tarde, a solas, supo que guardaría el mensaje para siempre.

Pasado un tiempo, cuando Natalia forzosamente se había acostumbrado a vivir sin Shao Li, una monitora se le acercó cierto día en el centro de acogida.

—Natalia, cariño, tengo que darte una mala noticia. Creo que deberías saberlo, no me sentiría bien si te lo ocultara. No sé cómo empezar, el caso es que... es que... Shao Li, verás... Shao Li empeoró...

—¿Se ha muerto? —preguntó Natalia seria, y más que seria, serena.

—Digamos que se ha ido a un lugar hermoso, donde no hay enfermedad y donde será feliz para siempre, pero del que no se regresa a la Tierra. ¿Lo sabías?

La monitora quería contenerse, mostrarse fuerte para animar a Natalia, pero vibraba su voz y se le escapó una lágrima. No así a Natalia, que guardaba como un tesoro el «tlozo» de Shao Li y también sus últimas palabras: «Siemple pensalé en ti, yo plometel, esté donde esté, siemple».

—Me lo suponía —dijo tan solo.

Después se encerró en su habitación durante horas.

Capítulo 10

Pues señor: por fin estamos en el plató número tres de la Balloon's International T.V., donde se graba en directo el especial navideño de *Un minuto de gloria*. Y menudo plató. Nada en él refleja limitación o sencillez. Es grande, circular, y tan luminoso y brillante como una mantilla de lentejuelas; el techo alto y lleno de focos recuerda a un planetario y las paredes que van a verse por la tele son en realidad módulos movedizos con puertas, cortinas, aberturas para salir o entrar, decorado todo ello con gusto tan dudoso que solo puede agradar a un público entregado y no demasiado exigente. Enfrente está el auditorio, muy numeroso, compuesto sobre todo por espectadores españoles (de los muchos que viven en Londres), que han renunciado a una velada familiar de Nochebuena por asistir al programa y que ahora se sientan en apretadas gradas.

Y no es de extrañar. Estamos hablando de *Un minuto de gloria*, el programa estrella de la televisión, que también entra en los hogares británicos gracias a la tecnología satélite.

En un extremo del plató, una pequeña orquesta ameniza el programa y en el otro, entre el decorado y el público está el sofá rojo cereza con Vlado y Yubire sentados en él y donde, por cierto, se respira un ambiente tenso.

Hace mucho calor aquí dentro, los focos abrasan y Vlado, más amigo del frío a pesar de su insignificante protección de grasa, se suelta el botón del cuello de la camisa y se afloja la corbata un poco. Chorretones de sudor mojan su cara y tiene las manos pegajosas e hinchadas.

No hay nada en los alrededores del sofá rojo cereza, pero un poco más allá, gravitando a una altura considerable, se extiende una inmensa pantalla de televisión. En ella aparece la imagen de Natalia en directo y es duro verla acurrucada sobre unos cartones en el frío y solitario soportal. Es esa imagen la que tiene a Vlado y a Yubire desquiciados. La han visto hace un momento mirando las fotografías y después sacando un papel que ha desdoblado, contemplado y acariciado. Han supuesto que estaba haciendo tiempo a que abrieran para ella la puerta de los estudios. Conforme observaba las fotografías y el papel, movía el cuerpo, movía los brazos, estiraba o encogía las piernas, ladeaba la cabeza, a veces sonreía; pero ahora no se mueve y se ha hundido más en su pequeño espacio. Parece una estatua de cera. ¿Por qué no se levanta y hace al menos intención de entrar? ¿Por qué no se mueve? ¿Se habrá quedado dormida?

Vlado se pone de pie y susurra acercándose a Yubire:

–*¡La dracu!* ¡Se acabó! ¡No soporrrto más esa escena! ¡Voy bajar porrr ella y me importa pimiento el prrrogrrrama!

–Te acompaño –responde Yubire esta vez, incorporándose–. Ya ha sufrido bastante la pobre.

El presentador del programa, el hombre de espeso bigote planchado que hoy viste sus mejores galas, se acerca a ellos de inmediato.

–¿Sucede algo? –pregunta alto y claro por su micrófono inalámbrico incorporado.

–Sucede que nos vamos –dice Yubire queriendo parecer tranquila y haciendo equilibrios sobre sus tacones prestados.

–¿Tan pronto? ¿No están a gusto aquí? –Y en décimas de segundo, ¡zas!, se pone la Cara de Reír, se ríe por consiguiente, y se vuelve hacia el público que, por imitación, ríe también.

–Bajamos a la calle porrr niña –dice Vlado muy serio–. Somos prrreocupados porrr ella. Cogemos a niña y volvemos.

–No se mueve... –musita Yubire–. Tengo tanto miedo... A lo peor se ha... se ha... ¡Ay, Dios! –Se cubre la cara con las manos, horrorizada de sus propios pensamientos.

El presentador se quita la Cara de Reír y se pone la de Decepción, todo muy rápido, sin dejar de mirar de frente al auditorio.

–¡Ooooh! Quieren bajar y rescatar a nuestra pequeña Natalia antes de que ella aparezca por su propio pie. Eso no es lo acordado. ¿Deben bajar? Quiero oírlo bien fuerte. ¿Deben bajar nuestros amigos a la calle?

–¡Nooo! ¡Nooo! –ruge el público azuzado por el regidor del programa, un tipo lleno de carteles con diversos mensajes (NO – APLAUSOS – SÍ – SILENCIO – ¡OOOH!) que va levantando y mostrando a los espectadores dependiendo de lo que pida la ocasión.

–Pues ya lo han oído –dice volviéndose hacia Vlado y Yubire.

–Lo que diga público no imporrrta. Bajamos.

Todavía insiste el presentador un poco más, dentro de un guión muy estudiado, pero no le vale de nada y finalmente se encoge de hombros.

–Como quieran –dice mientras Vlado y Yubire toman la dirección de la salida–. Esto no es la cárcel.

El regidor levanta un nuevo cartel.

–¡Ooooh! –brama el público leyéndolo.

En la gran pantalla del plató se ve a Natalia que continúa inmóvil.

Vlado y Yubire se lanzan ahora al laberinto de pasillos que son el esqueleto de la BALLOON'S. Resplandores y destellos han quedado atrás. Las paredes ya no lucen pintura estupenda, solo gris y áspero hormigón. Los cables de alimentación energética están a la vista mezclados con tubos, cañerías y conductos de calefacción. Y aquí ni siquiera hace calor. Caminan deprisa, y Yubire tropieza a menudo por la altura de sus tacones.

«¿Por dónde se salía?», piensan cuando se hallan en el centro de un largo corredor. Si de memoria no andan mal, era por la derecha... No, por la izquierda... ¡Ay!, ya no lo recuerdan, todos los caminos parecen iguales, pasillos llenos de puertas cerradas por las que no se puede pasar. Toman una dirección al azar, aturrullados y bastante desesperados. Al final hay una puerta oscura de metal y ¡eureka! pone EXIT. De acuerdo, irán por aquí.

Han abierto la puerta sobre la que ponía EXIT. Ha costado; es de hierro cortafuegos y muy grande; pesaba. Al abrirla no ven la calle, ni la noche, sino otro pasillo tan largo y anodino como los demás. Un hombre que sale de algún sitio se planta frente a ellos, quieto y enorme como un camión aparcado. Como no se lo esperaban, Vlado y Yubire retroceden un poco.

Sería un hombre imposible de recordar, uno más de los muchos que han visto en los estudios, tal es la vulgaridad de su aspecto, si no fuera por tres o cuatro cosillas que lo definen y desigualan, a saber: un equipo emisor y receptor de sonido que va de oreja a boca, de ultimísima generación, pequeño como un microbio; uniforme verduzco, pardo o marrón, cualquiera sabe, y al cinto, porra y pistola reglamentarias. Es un agente especial de seguridad de la empresa, un tipo fiel y entrenado, un matón de la BALLOON'S. Al clavarse ante el mismo umbral de la puerta, estorba el paso y Vlado intenta esquivarlo.

–¿Dónde van? –pregunta muy tieso abarcando el máximo espacio; sus zapatones se adhieren al suelo.

–¿Le importa? –contesta Yubire.

–Si necesitan algo, no tienen más que pedirlo, pero ya saben que no les está permitido salir.

El hombre habla correctamente el castellano, aunque con leve acento inglés. ¡Qué tío! Vlado reconoce humillado su idiomática derrota.

—Nos vamos buscarrr nuestra niña. Ya ha tenido bastante.

El hombre ni se mueve. Trata de sonreír pero solo le sale una fea mueca.

—No pueden. Aún no han dado las ocho. Tienen que esperar. A las ocho todo habrá terminado.

—¡No! —grita Vlado—. ¡No vamos dejar a niña pasando frrío hasta las ocho!

—Deben esperar un poco más, es lo pactado. Tengan un poco de paciencia.

—¿Paciencia? ¡Apárrrtese! Se acabó tiempo parrra paciencia. Vlado empuja con su cuerpo al hombre, que mucho más pesado que él, no se mueve. Pero como Vlado está tan flaco se escurre por uno de los laterales, llevando a Yubire agarrada de la mano.

Solo que no se van a salir con la suya tan fácilmente. El matón camina tras ellos levantando la voz.

—¡Esperen! ¡No pueden irse! ¡Tengo orden de interceptarles el paso!

Y eso es lo que hace. Se adelanta, se para frente a ellos y los obliga a detenerse. Los sujeta por un brazo y a la vez recibe nuevas órdenes en inglés por su minúsculo pinganillo ergonómico. La mueca fea es ahora una cínica sonrisa.

—¿Lo ven? No pueden marcharse, me lo acaban de comunicar —dice al fin—. Habla con voz grave y su mirada atraviesa los ojos oscuros de Vlado. Han firmado un contrato. ¿Recuerdan?

–¡Al diablo maldito contrrrato! –exclama Vlado fuera de sí mientras pretende abrirse paso de nuevo, siempre con Yubire de la mano.

–Entonces, okey, ¡todo al diablo! –agita en el aire los brazos–. Todo lo que la niña lleva meses soñando: la fama, las ilusiones, los regalos, la cena... el dinero...

–¡Métanse el dinero donde les quepa! –interrumpe Yubire, tajante. Y le sorprende hablar así; no era una cifra para despreciar. Pero su Natalia vale más que todo.

–¿Quiere decir esto que van a arruinar el programa? ¿Quiere decir esto que ya no les importa lo que firmaron? –el matón va elevando la voz–. ¿Y quiere decir esto que no podremos terminar como esperábamos el especial navideño de *Un minuto de gloria*?

–Quierrre decirrr esto, amigo, que vamos bajarrr por niña antes que se congele en ese portal como pequeña cerrrillera y voy decirle que suba, porque ella no quierrre, o no puede subir. Nada más.

El matón arruga el ceño. Los mensajes siguen entrando por su conexión telefónica. Escucha y habla a la vez.

–El contrato dice que la niña concursante no puede recibir ayuda de los padres para cumplir su misión.

–Yo no soy la padrrre de niña.

–Pero será el padrastro.

–No soy la padrrrastro de niña.

–Pues al menos será el tutor.

–No, amigo, no soy la tutorrr. No soy nada.

–Pero... –el matón comienza a mostrarse extrañado–, la estancia en Londres era con los padres..., padre y madre... o tutores..., lo normal.

–Nadie nos pidió un documento –dice Yubire–, ni el Libro de Familia.

–¿Y... entonces... el padre?

La respuesta de Vlado es rotunda. Briznas de amor se le escapan por los ojos.

–Yo. Como si lo fuerrra –y ha hincado la mano en su pecho, para corroborarlo.

–¡Me están volviendo loco! –ahora chilla el matón–. ¡Los padres no pueden ayudarla, ni tampoco un familiar, lo dice el contrato!

–Búsqueme papel, uno solo papel que diga que soy padrrre o familiarrr de niña y entonces volverrremos a sofá rojo hasta las ocho, o renunciarrremos a todo –luego se dirige a Yubire–: Tú sí errres familiar, debes volverrr a plató, yo soluciono esto solo.

La deja ahí, junto al matón, al que finalmente ha reducido con su castellano de pacotilla y al que ha exigido además que le señale la salida. Hay cámaras en los pasillos, alguna tal vez haya inmortalizado la escena.

Y así, siguiendo las instrucciones del hombre, Vlado llega a un portón para vehículos en las traseras del edificio que mediante una orden telefónica han abierto para él; la Balloon's no es una cárcel, ¿recordáis? El clima helado golpea su rostro. La noche de escasa luna sería tan negra como un agujero sin luz, pero esto es Londres y la ciudad despilfarra electricidad. Vlado da la vuelta al edificio buscando la puerta principal donde sabe que verá a Natalia. Tiene prisa por encontrarla. Y miedo. Quiere correr tanto que su nariz se adelanta un palmo al resto de su cuerpo y ni siquiera repara en que hay hombres que avanzan tras él.

Enfrente de la entrada principal, enfrente del reloj digital y de los globos, sigue Natalia acurrucada en el soportal, inmóvil, con la cabeza protegida por la muralla que forman sus brazos. La única mano que tiene a la vista continúa aferrada a un papel, tal y como Vlado la vio por última vez en la pantalla del plató. Pero al natural parece todavía más desvalida. Muy cerca de ella se amontonan cajas de cartón vacías y cosas inservibles que el camión de la basura esta noche no recogerá. Abulta tan poco y está tan quieta que confundida con las sombras de la noche parece un pequeño trasto más. No se estremece, tampoco tirita, puede parecer que ni siquiera respira. Vlado se acerca a ella y suavemente la zarandea por el hombro.

–Nata..., eh, Nata...

Silencio, no hay respuesta. Solo un villancico en boca de niños se escucha triste, lejano.

–¡Natalia! –la sacude, la zarandea más fuerte–. ¡Natalia despierta! ¿No oyes a mí o qué?

Entonces Natalia levanta la cabeza lentamente y abriendo los ojos, mira a la persona que le habla. ¿Y qué ve? Ve una alucinación, un fantasma. Y el fantasma se parece a Vlado, pero está tan guapo y va tan bien vestido... ¿No es eso que le rodea el cuello una corbata? Ella siempre creyó que los fantasmas asustaban, pero este es amable y le sonríe.

Espera, no. No sonríe... es un gesto extraño, de ansiedad, o quizás de pena.

–¡Natalia! *¡Draga mea!* ¡Espabila criaturrra, espabila de una vez! Soy Vlado, Vla-do, no mirrres a mí así, parrrece que has visto a fantasma.

El fantasma alza a Natalia en brazos, sin esfuerzo, como si la niña no pesara. Natalia siente su calor y piensa que nunca hubiera imaginado que los fantasmas desprendieran tal tibieza. ¿Y esas voces de niños cantores que se oyen a lo lejos? Almas; almas infantiles del cielo, como Shao Li, y ella entonces está a sus puertas, en los brazos de un santo, o de un arcángel.

–Todo es bien, campeona –murmura Vlado en su oído. El abrazo amigo la reconforta–. Todo es terminado.

Al ir entrando en calor y sobre todo al comprender que ya no está sola, Natalia reacciona poco a poco. El fantasma se difumina y en su lugar aparece una forma real y consistente. Ahora Vlado ya puede devolverla al suelo.

–He perdido a Airon...

Vlado sonríe.

–Tú no debes sufrrrir, tú trrranquila. Mirrra ese reloj, faltan tres minutos corrrtos parrra ocho de la noche; entra en los estudios y recoge tu prrremio. Te lo has ganado.

–No, no quiero entrar sin Airon...

–Entra, Nata, entra. Airon es bien, confía en mí. Entra antes de que pase hora, no vamos a dar el gusto a señorrres de que pierdas la prrremio.

Natalia camina ayudada por Vlado. Está tan entumecida y helada que su sangre apenas puede circular. Cruzan juntos la calzada y suben los tres escalones que separan la calle de un edificio que, de pronto, aparece inundado de luz. Los globos ya no lucen solos y han abandonado su risa siniestra. ¡Ah!, los célebres globos de la BALLOON'S que Airon descubrió desde la noria. Qué bonitos son. Parecen un manojo de arco iris. Un grupo de hombres se acerca, poco a poco rodean a Vlado y a ella. Y dan la cara, no se esconden, ya no se ocultan. Llevan complicados artefactos en las manos y discretos auriculares en las orejas. Los hay con sombrero y sin él. Natalia los identifica turbada por la desconfianza y el miedo.

–Los... *pebis*... –balbucea–. Vienen a por mí... me llevarán con ellos...

–Deprrrisa –apremia Vlado–, deprrrisa. Faltan tres, no, faltan dos minutos solo para ocho... deprrrisa...

La puerta principal del edificio cede al primer impulso suave de Natalia. Dentro hay un ejército de señoritas uniformadas: secretarias, azafatas, recepcionistas, telefonistas... y cámaras acopladas en las esquinas que se mueven automáticamente siguiendo a Natalia. Una de las señoritas se le acerca.

–Por aquí –dice con una maravillosa sonrisa.

Natalia está asustada. Se vuelve buscando a Vlado, pero no lo ve, ha desaparecido y ella, de nuevo, vuelve a estar sola.

–Por aquí, encanto –insiste la simpática señorita. Es joven, viste falda estrecha con americana a juego y lleva una insignia con los cinco globos en el ojal de la solapa, allí donde un novio, por tradición, llevaría un clavel.

Natalia se deja guiar, aturdida, despistada y confundida. No puede pensar. Suben en un ascensor y al dejarlo, caminan unos cuantos pasos; ahora tiene calor y los dedos de las manos y de los pies protestan como condenados. Una vez, por pasar mucho frío seguido de calor, le salieron sabañones, y ¡porras!, cómo picaban. Recuerda que se los rascó mucho y se hizo heridas con las uñas. Se desabrocha el chaquetón, se suelta la bufanda y se quita el gorro que ha llevado durante los dos días como una prolongación de su piel. Tiene el pelo enmarañado y las orejas le arden, rojas e inflamadas como lagunas de lava. No sabe adónde la llevan, es una marioneta en una función de guiñol. Vuelve a mirar hacia atrás, a lo mejor viene Vlado.

Y entonces...

Una tormenta de luz sepulta a Natalia. Son toneladas de kilovatios que se derraman sobre ella como fuegos de artificio, blancos, dorados, transparentes, azules... Deslumbrada, cegada, apenas puede abrir los ojos, pero los entorna esforzándose por saber qué vería si lograra mirar más allá de esa luz. Siempre guiada por la joven señorita, es colocada en medio del plató. Son las ocho en punto de la noche. Lejos de allí, la campana del reloj que canta tañerá ocho veces su Big-Ben, pero es un sonido remoto que al plató no llegará. El público agolpado en las gradas prorrumpe en un estruendoso coro de aplausos.

–¡Lo ha conseguido! –grita el presentador junto a ella–. ¡Desde luego que sí! ¡Tres hurras por nuestra pequeña Natalia!

–¡Hurra! ¡Hurra! ¡Hurra!

El presentador habla sin parar y así pasa un buen rato. Natalia no le escucha. Todavía aturdida por el frío soportado, tiene la mente en otro tiempo y en otro lugar. Piensa en Shao Li y la recuerda enseñándole la canción en chino que ahora debe cantar. Para eso ha ido al programa, ¿no? Se reían bastante porque Natalia era incapaz de pronunciar correctamente las palabras del idioma ajeno. «Tsché», decía por ejemplo frunciendo los labios de manera muy rara; «No, tszé, se dice tszé», corregía Shao Li que llegaba incluso a ponerse nerviosa. A ella su lengua le parecía tan fácil... «Pues eso, tsché», repetía Natalia con dificultad, obviamente volviendo a equivocarse. Y cosas así.

Ahora tendría que cantar esa canción, pero el tipo del bigote no calla y a ella aún no le han dado la oportunidad de empezar. ¿Por qué nadie le pide que cante la canción?

Mientras piensa en estas cosas, una puerta se abre a su espalda. La orquesta repica un solo de timbales, el plató se recubre de silencio, solo la voz chirriante del presentador permanece. Natalia se vuelve. De la puerta salen tres personas: Yubire, Vlado...

¡Y Airon!

El público aúlla de emoción. Puesto en pie, aclama a Natalia con fuertes aplausos que el regidor se encarga de avivar. Pero Natalia tampoco ahora escucha nada. Está abrazada a Airon y sonríe acusando en su cara las cosquillas del corto y duro pelo de su hermano.

–Niño malo... Mira que perderte... Menudo susto me has dado...

Ya no lleva la trenca con los botones en forma de colmillos y su cuerpecito parece menguado por tantas horas de caminata y ayuno. Pero no ha menguado la fuerza de su abrazo.

–No me *predí*, Tata, me agarraron...

Yubire, de pie, se enjuga una lágrima.

–Anda, hija mía, dame un abrazo.

El presentador continúa su discurso del que Natalia apenas recoge frases sueltas. Que se calle, por favor. Está agobiada y hambrienta. ¿Para cuándo la canción? No sabe si resistirá mucho más. Quiere cantar cuanto antes, terminar, terminar por fin y que los lleven de una vez por todas a cenar. ¿Cuánto va a durar todo esto?

–Mira, Tata –dice Airon señalando la pantalla flotante con el dedo–, salimos por la tele grande.

Y Natalia, al atender al aviso de su hermano, no puede evitar que se le descuelgue la mandíbula, que los ojos se le pongan como platos y que un rictus de sorpresa se le congele en la cara.

Porque en la pantalla están apareciendo imágenes suyas y del pequeño Airon a tiempo pasado, es decir, imágenes de ayer, de esta mañana, de la tarde, y de hace apenas un rato, mientras simplezas y majaderías en forma de palabras se escapan por la boca del presentador atravesando la cortina de crines de su horroroso bigote planchado.

Natalia y Airon perdiendo el metro en el andén de Heathrow; Natalia y Airon solos en la estación del aeropuerto, esperando que volvieran a por ellos, y solos también en el vagón, cuando subieron al metro; Natalia y Airon caminando por las frías calles de Londres, o recorriendo el solitario río, asustados; Capi... los *Brothers*... una cena a base de sobras en el tugurio de Sebas, y también un buen desayuno en el mercado ambulante. A continuación la huida... Más tarde Natalia con Capi y Airon en el parque (Capi, Capi, ¿dónde estás?), qué frío hacía... Luego aparece la noria; en imágenes sucesivas vuelven a encontrarse solos. Uy, ahora Capi llena la pantalla: los cabeza rapada lo golpean con todo el ímpetu de su juventud y toda la fuerza de sus botas. Y qué definición, qué calidad de imagen; bien se aprecia la sangre que le...

Basta. Natalia no quiere seguir mirando. Es demasiado. ¿Qué broma pesada es esta? Los han localizado, seguido, espiado, controlado y filmado. Los han visto reír y llorar, pasar frío y hambre, huir y tener miedo. Los han visto en apuros, a ratos desesperados. Pero no los han ayudado: los han abandonado. En un momento, toda la odisea de dos días desfila resumida ante los ojos del mundo y si no fuera porque Natalia sabe que es real, parecería uno de los capítulos de algún folletín o docudrama.

Y ella, la protagonista femenina del serial. ¡De cine!

Natalia tiembla de vergüenza. Todo el graderío del plató tiene los ojos puestos en esa pareja de hermanos que de forma involuntaria vive su «minuto de gloria». Y no solo el graderío; España entera estará ante el televisor mientras degusta la estupenda cena de Nochebuena. La verán los compañeros de su clase, los amigos de la calle, los niños que se quedaron en el centro de acogida... los monitores...

Afortunadamente, Shao Li no la verá.

–Cuándo voy a cantar la canción...

No lo pregunta, Natalia lo exige sin tapujos, con los dientes apretados por la frustración y la rabia. Pero la voz del presentador, mucho más fuerte, tapa la suya.

–¡¡Cuándo voy a cantar la canción!!

–¿Qué? –el presentador se ha quedado de una pieza. Y se ha callado. Natalia lo desafía con los ojos.

–¡Que cuándo voy a cantar la canción!

–¿La... canción?

–Sí, la canción en chino que tengo preparada. A eso he venido.

–Ah..., sí, claro..., la canción... Por supuesto, por supuesto. Nuestra pequeña Natalia tiene una canción preparada. ¿No es así? Adelante, adelante con la canción –y retirándose, la deja sola en el plató.

Natalia dirige la mirada a la orquesta esperando la señal que anuncie el comienzo. Piensa que, desde que hizo las pruebas de selección, los músicos han tenido tiempo sobrado de ensayar la melodía. Pero la orquesta, en el más absoluto mutismo, se halla a la espera y Natalia entiende que los instrumentos no la acompañarán.

Natalia tose levemente para aclararse la voz. No hará caso del nudo que tiene en la garganta ni tampoco del ligero terremoto de sus labios. No sufrirá si desafina, o si no logra una buena pronunciación. El plató, como la orquesta, ha enmudecido y el presentador, para alivio de Natalia, también. Vlado, Yubire y Airon se han sentado en el sofá, y el rojo cereza de la tapicería se confunde con el rubor de sus caras. Incómodos a pesar del confortable diseño, desde allí seguirán los acontecimientos.

Y así, en voz más bien baja aunque amplificada por la presencia del micrófono, Natalia comienza su canción.

La canción podría traducirse de esta forma a nuestro idioma:

Mirando las aguas del Yangtsé hay una montaña
muy alta, muy alta, muy alta.
Perdida en la montaña hay una cueva
muy negra, muy negra, muy negra.
En la cueva vive un sapo gordo y viejo
muy feo, muy feo, muy feo.
Ven, pequeño –croa el sapo–.
Y te lleva a su cueva, su cueva, su cueva.

O algo así.

Shao Li en su día contó a Natalia que era la típica canción infantil que se cantaba a los niños pequeños. No les daba miedo, crecían con ella y les resultaba tan familiar como a los niños de aquí, por ejemplo, el coco.

Pero a Natalia, bien mirado, no le parece tan ingenua; piensa que es triste y un poco macabra. El silencio que reina todavía en el plató, no ayuda a que se sienta reconfortada. Es un silencio denso, y tan envolvente como la niebla que han soportado durante los dos largos días en Londres.

–¡Muy bien, muy bien! –dice al fin el presentador haciendo añicos el incómodo silencio–. ¡Maravilloso! ¡Un fuerte aplauso!

Era lo que faltaba. El público bulle. El techo y las paredes retumban con el estruendo. La orquesta ahora toca y redobla su compás. El cielo se viene abajo. Natalia continúa extremadamente seria.

–Y a continuación –sigue el presentador– tu premio, la sorpresa final. Esto es lo que has ganado. Acompáñame.

Claro, ahora lo entiende. Shao Li, tan visionaria como siempre, lo sabía, o lo intuía, o lo imaginaba; fijo que así tuvo que ser, y a su manera quiso advertirla: la montaña es el alto edificio de la BALLOON'S, la cueva es el plató y el sapo feo solo puede ser una persona.

El presentador sonríe desagradablemente, llama a Natalia con un gesto de la mano y le dice (Natalia, cuando me lo contó años después, no recordaba las palabras exactas) más o menos esto:

–Ven, pequeña.

Y Natalia, dadlo por hecho, fue.

Capítulo 11

Solo que el sapo de este cuento viste traje y corbata y tiene un fenomenal bigote danzarín sobre los labios.

–Sígueme –insiste a Natalia que camina con paso inseguro–, por aquí.

Ya no lleva el chaquetón, y la bufanda y el gorro han desaparecido del mapa. Vlado, Yubire y el pequeño Airon permanecen en el sofá, con los nervios algo más calmados.

Ante Natalia hay ahora una puerta brillante, como todo en el plató, y cerrada a cal y canto. Es la puerta que se abre con la llave de los globos y en cuyo interior Natalia encontrará sorpresas que ni puede imaginar. ¿Recordáis? Bien, pues de entre todo el palabreo que mana del presentador, Natalia decide que solo tienen importancia dos escuetas palabras:

–La llave –oye decir, y hay una mano de hombre tendida hacia ella, esperando.

–¿Qué? –pregunta para ganar tiempo.

–La llave, Natalia; la necesitamos para abrir la puerta. Eran las normas. La tienes, ¿no?

No, no la tiene. Se la dejó a Airon para que se entretuviera en aquel oscuro jardín y se olvidara del hambre y del frío. Pero ellos ya deberían saberlo. La han espiado, ¿no? Natalia cuenta todo esto con gesto fatigado mientras la salud cardiaca de los espectadores pende (o parece pender), de un delgado hilo.

Todas las miradas se dirigen a Airon, que ajeno a todo eso, desde las rodillas de su madre sigue a su manera el desarrollo del programa. Y Yubire, con aspecto alterado, resopla por el agobio y pone los ojos en blanco. O es muy buena actriz, o se han olvidado de poner en la pantalla el capítulo del jardín y entonces nadie sabe nada del lío ese del traspaso de la llave. Acto seguido Yubire baja a Airon de sus rodillas y lo coloca de pie, frente a ella. Al hacerlo, la bota de Airon rasga sin mesura una de sus delicadas medias y Vlado apoya la mano en su antebrazo para tranquilizarla en un gesto amable e inútil que de nada servirá.

–Airon –dice Yubire amarrando al niño por los hombros–: Tienes la llave de tu hermana, ¿no es así?

–¿Cuál? ¿Cuál llave?

–¡La de los globos! –contesta al borde del infarto–. ¿Dónde está?

–No es una llave –dice tranquilamente Airon–; es un coche.

–¿Cómo que es un coche?

–Un coche; y corre más que Gus.

Yubire y Vlado se miran aterrados. Airon es el mayor perdedor de coches que existe bajo la capa del cielo.

–Bien, amor, es un coche, pero ¿dónde está el coche?

Airon, por toda respuesta, estira el labio inferior hacia fuera y se encoge de hombros.

Desde el otro lado del plató, Natalia sin embargo ahora sonríe. Ya no está asustada. De pronto siente que todo va a ir bien. No sabe cómo ha sucedido, pero lo siente. Y cae en la cuenta de que su vergüenza y su mal humor han desaparecido como por ensalmo. Quizás porque al cantar la canción, ha notado a Shao Li más cerca de ella que nunca, más cerca incluso de lo que la notó en su deambular durante dos días por Londres, en los que Shao Li, con su muda presencia, la ayudó, la acompañó, la animó y la aconsejó sobre qué decisiones debía tomar. Desde donde estuviera: así fue. Y tiene que reconocer además que ese deambular junto a su hermano la ha fortalecido. Al igual que Pulgarcita, que Dorita o Blancanieves, que la Bella Durmiente o la Pequeña Sirena, ella también a lo largo de su vida combatirá sapos repugnantes, magos embusteros, reinas envidiosas, hadas malignas o brujas del mar. Y los vencerá a todos, lo sabe; Airon la ayudará. Con la tranquilidad que da haber sido capaz de sobrevivir a tantos sucesos espantosos, Natalia se acerca a su hermano sin disimular todo el afecto que le tiene.

–Airon, cariño, dame la llave.

Pero para entonces Yubire está registrando uno por uno los bolsillos de la ropa de Airon, dentro de su camisa, las bocamangas del jersey, el interior de sus botas e incluso los pliegues de sus calzoncillos. Sin éxito. Airon no lleva la llave encima. Natalia sugiere que busquen en la trenca.

–¡La trenca! –ordena el presentador–. ¡Que traigan la trenca!

Alguien aparece en el plató con la trenca. La trae prendida por los hombros, expuesta a la curiosidad alterada del público; la sujeta con precaución y desapego, casi con asco. Y es que la trenca esta terriblemente sucia, con las huellas indelebles del vagabundeo. Natalia la rescata de aquellas manos escrupulosas y busca en el bolsillo más abultado. Primero sale Gus...

–Ya estamos todos –dice en voz baja inclinándose hacia su hermano–. ¡Qué guay!

... Y a continuación algo metálico entrechoca y tintinea con el anillo de plata de mentira que Natalia lleva en uno de sus dedos... ¡La llave! Por indicación del presentador la muestra a las cámaras y al auditorio, levantándola muy arriba con su mano, tanto como su estatura le permite. Si para terminar cuanto antes la función tiene que ser buena chica y convertirse en la mujer barbuda o en cualquier otra artista del circo, se convertirá.

El público se ha puesto en pie; ruge, alborota, aplaude y zapatea. El bullicio tapa la voz del presentador. Yubire abraza a sus hijos. Entonces Natalia, con su tesoro de globos en una mano y su tesoro Airon en la otra, camina nuevamente hasta la puerta brillante con la sonrisa del triunfo como congelada en los labios.

–Yo..., yo; abro yo –pide Airon.

Y Natalia le responde:

–Toma.

Airon inserta la llave en la cerradura con esos dedos torpes que aún rompen tantas cosas. Es el momento esperado, el de mayor emoción. ¿Qué encontrará detrás? La llave encaja perfectamente y gira blanda, como una cucharilla revolviendo una taza de café. Debido a la importancia del momento, el plató ha vuelto a llenarse de silencio. Solo la orquesta es audible avivando, si cabe, el interés general con un suave golpeteo en los timbales.

Y como quiera que ya ha comenzado en serio la Hora de los Milagros, al abrirse la puerta brillante tiene lugar un suceso inesperado: todo el decorado que sujetaba la puerta desaparece, y la puerta también. Visto y no visto. De acuerdo que son módulos movibles, paredes que no son paredes, tabiques falsos como monedas de hojalata, pero Natalia, aun estando delante, no sabría explicar el fenómeno por el cual, inesperadamente, ante sus ojos no hay nada.

Bueno, nada no; nada del antiguo decorado. Porque lo que ahora queda a la vista es tan sorprendente que el público, sin necesidad de ser incitado por letrero alguno del regidor, suelta un espontáneo y colectivo:

–¡Oooooooooh!

Ya no hay una puerta, hay varias, salpicadas entre los árboles de un bosque de cuento. Y es un bosque fabuloso, nevado y aparente, muy especial, con el que ha llegado al plató de un plumazo la Navidad. No falta un detalle:

abetos cuajados de juguetes, enanitos con patines, que son niños; lobos mansos, que son perros; hadas vestidas de oropeles, cabañas de golosinas... Del cielo cuelgan nubes rosadas de azúcar.

–¡Qué chulo! –exclama Natalia maravillada. Airon por su parte abre mucho los ojos y de la boca un hilito de baba transparente se le escapa.

–Chulo, ¿eh? –repite el presentador que de nuevo ha cambiado de cara. Pero esta ya no recuerda a un sapo feo. ¿Quién le ha dado un beso y lo ha convertido en un príncipe?

–Ahora solo tienes que ir abriendo puertas con tu llave y lo que encuentres en ellas será para tu familia y para ti.

–¿Todas? –pregunta Natalia–. ¿Tengo que abrirlas todas?

Y os puedo asegurar que no es la avaricia quien habla por ella, pero es que puertas hay unas cuantas.

–Bueno, todas las que puedas abrir en cinco minutos que es el tiempo de que dispones para hacer efectivo tu premio.

Ah, eso ya le parece más natural. Al final las promesas de la tele nunca son para tanto.

–En todas ellas hay premios, viajes, regalos, dinero –continúa el presentador–. Cuantas más puertas consigas abrir con tu llave, más premios te llevarás. ¿De acuerdo?

Siempre a contrarreloj, aumentando la ansiedad del espectador. Es el circo, ¿recordáis? Siempre con los dichosos retos.

–De acuerdo –dice Natalia.

–Bien. Pues los cinco minutos comienzan... ¡Ya!

Las puertas son estructuras de madera tosca, sin pulir, que no quieren romper la estética forestal. Todas tienen un rótulo en su parte superior con diferentes palabras: REGALOS, FORTUNA, VIAJES, AMISTAD, DESEO... Se encuentran situadas en rocas o matorrales de atrezo, y a Natalia le viene a la memoria un cuento de *Las mil y una noches* que le contaron cierto día en el centro de acogida: la historia del leñador Alí-Babá y de cómo sorprendió a cuarenta ladrones en un bosque que sería muy parecido a este, aunque sin nieve.

–¿Cuál abrimos primero? –pregunta Natalia a Airon.

Pero Airon aún no sabe leer y entonces se guía por la ley del buen tuntún.

–Mmmmmm... ¡esa!

–Vale –le dice bajando mucho el tono y la cabeza para aproximarse a él–. ¡Ábrete, sésamo!

Y la puerta llamada REGALOS se abre accionada por la llave que maneja el cerrajero Airon.

Ni que decir tiene que dentro hay regalos sin igual, tantas cosas atrayentes como cualquier niño puede desear, pero a Natalia esto no la impresiona. Sabe que son cosas superfluas que solo el dinero puede comprar. Cosas que no se necesitan y que, una vez utilizadas, se tiran como pañuelos usados o se amontonan engrosando el equipaje de cada cual y haciéndolo tan pesado. El suyo era así cuando llegó a Londres pero por suerte supo aligerarlo a tiempo. Sin aspavientos. Sin pena. Y por nada de lo que tiró echaría hoy una sola lágrima. Natalia ha aprendido que se puede comer, dormir, vivir y hasta ser feliz sin esas cosas superfluas. Y si no, que se lo pregunten a Capi.

Airon continúa abriendo puertas con gran rapidez, pues ha captado el mensaje del programa. Todas guardan algo en su interior, más o menos valioso, más o menos importante. Y mientras discurre el tiempo, Natalia observa lo que van ganando entre satisfecha y cansada, a ratos complacida, poco fascinada, y sobre todo bastante indiferente.

–Ahora elijo yo –dice Natalia consciente de que el plazo se acaba.

Y es que desde el principio, la puerta que ha atrapado su atención es, por obra de la casualidad, una que queda bastante alejada de su alcance. Airon no la hubiera abierto jamás. Le gusta más no porque sea diferente, de hecho todas son iguales; es por el nombre, por la palabra que aparece escrita bien grande arriba, en su parte superior, y que a Natalia le parece la palabra más bonita del mundo: AMISTAD. Mientras piensa en cuánto le gusta esta palabra, su mano acciona por primera vez una cerradura que, ante su sorpresa, no gira como las anteriores, lo que la obliga a hacer un esfuerzo adicional. Pero lo consigue cuando apenas faltan escasos segundos para que los cinco minutos terminen y al abrirla se queda tan petrificada que si en ese momento le pincharan un brazo, no saldría sangre, seguro, sino polvo, o tal vez cal.

Porque lo que Natalia y todo el público pueden ver tras la puerta es a Capi, limpio, bien peinado, sonriendo con las manos metidas en los bolsillos de un pantalón de su talla y tan atractivo como un joven actor. A pesar de que tiene la nariz hinchada, varios rasguños en la cara y de que aún cojea cuando, caminando unos pasos, atraviesa el inestable umbral.

Capi en el programa.

No puede ser.

Esto sí que es un milagro.

A Natalia le cuesta creer lo que ve, o teme que sea una alucinación, efectos especiales, parte de la magia de la tele. Por eso pregunta:

−¿Eres... de verdad?

−Claro, claro que soy de verdad −se ríe y le ofrece el brazo−. Toca, toca.

−No sé... −ella también se ríe.

−Que sí, carajo. Me siguieron después de la pelea en los jardines de la noria y me convencieron para venir. Flipas en colores, ¿no?

Pegado a las piernas de Capi, Airon tira de su jersey (nuevo, anaranjado, precioso) para que repare también en su presencia.

−Pero entonces... −dice Natalia− te han atrapado. Irás a la cárcel...

−¿A la cárcel? −dice Capi−. ¿A mi edad? ¿Por qué? No soy un delincuente, solo un *okupa* de la calle, un tío sin casa. Me quieren mandar a un centro de acogida..., como el tuyo, pero solo si yo quiero, eh, no te vayas a creer. Dicen que debo aprender a leer bien, y no sé cuántas cosas más. Un oficio, algo para ganarme la vida...

—¿Y tú que les has dicho?

—Todavía nada, me lo tengo que pensar. Dicen que puedo ir a un centro de otro país, al tuyo si quiero, o quedarme aquí... en Londres...

—Ah, guay... ¿Y qué prefieres?

—No sé. Aquí no tengo a nadie, esa es la verdad, solo a los chicos, los *Brothers*... Y hace tanto frío... Y estoy harto de darle a la lengua en inglés, se me va a olvidar mi idioma. Por cierto: ¿tu ciudad mola?

A Natalia se le ilumina la cara.

—Sí, sí que mola. Y hasta el centro de acogida mola, de verdad. Siempre es mejor eso que estar en la calle, solo. ¿Vendrías a vivir allí?

—Psé, a lo mejor. —Se encoge de hombros, sin sacar las manos de los bolsillos—. Porque lo de que te cuenten cuentos me enrolla; me enrolla cantidad.

Y se intercambian sendas sonrisas, grandes, como rodajas de sandía.

—¿Te duele? —pregunta Airon señalando la inflamación que Capi tiene en la nariz.

—Ni de coña, enano. Aquellos pendejos solo me acariciaron un poco, je, je.

Lo que Natalia suponía: el mejor premio estaba detrás de aquella puerta algo apartada llamada muy acertadamente: AMISTAD.

Podéis creerlo; así fue. En aquel momento de su vida, Natalia dio más valor al reencuentro con un amigo que a todos los obsequios materiales que recibió, que no fueron pocos, ni malos. Y me alegra pensar que años después, cuando la conocí, hubiera actuado igual.

–¿Estás contenta? –pregunta el sapo convertido en príncipe–. ¿Satisfecha con tu premio? Di algo para el público presente y también para todos los telespectadores españoles que han seguido tu odisea desde sus casas. Este programa no debe terminar sin unas palabras tuyas. Después celebrarás con tu familia y con Capi la Nochebuena en un restaurante de lujo y degustaréis un menú típico inglés.

Y acto seguido, el presentador hace una breve publicidad del referido restaurante.

Natalia recorre con la mirada el auditorio. A su lado está Capi, y Airon agarrado a él. También Vlado y Yubire se han acercado y rodean a los dos chicos por los hombros. Qué maravillosa estampa. Claro que está contenta. Y mucho. La aventura ha merecido la pena. Ya ni siquiera siente hambre, empachada de gloria y de tranquilidad. Pero todavía hay algo más que le gustaría conseguir, algo que no ha encontrado tras ninguna puerta y que piensa pedir en su Noche de los Deseos a esa tele-diosa que todo lo puede.

El graderío está inmóvil, esperando. Si había alguna mosca, ha dejado de volar. Todos quieren escuchar a la niña protagonista, oír lo que se le antoje decir. Será un bonito final, la guinda de tan suculento pastel. Pero ella es tímida, siempre lo ha sido, jamás destacó entre grupos numerosos, la oratoria en público nunca se le dio bien. Sin embargo siente que es su momento y que si no lo aprovecha, quién sabe cuánto tardará en tener otra oportunidad igual.

–Me gustaría... –comienza Natalia– quisiera pedir algo, una última cosa más.

–¿Una cosa más? –el presentador recupera por unos instantes la cara de sapo–. ¿Aún no es suficiente?

–Sí... sí que lo es... estoy muy contenta, de verdad, pero hay algo que deseo mucho y que me gustaría pedir.

–¿Un deseo?

–Sí, eso; un deseo.

–No abriste la puerta en la que se leía DESEO; y pudiste haberlo hecho. Estaba a tu alcance, como las demás.

–Es un deseo pequeño...

–Ya, pero el plazo de recibir premios ha pasado...

–Hija... –la reprende Yubire.

–Por favor... –suplica Natalia.

–Ejem, ejem... –El presentador se revuelve incómodo y completamente desconcertado por haber dejado muy de lado el guión que tenía tan bien preparado–. Bueno, podría ser... si está en nuestras manos... haríamos una excepción... Ahora bien, no te prometo nada.

–Igual parece una bobada, pero para mí es muy importante.

–De acuerdo, de acuerdo. Adelante.

Aunque ahora se fundiera una bombilla de la iluminación general, no se notaría la más mínima ausencia de luz, pero se escucharía el levísimo estallido de sus filamentos al inflamarse, chamuscarse y reventar, fijo que sucedería así, tal es el silencio que envuelve todo. Apresurada, Natalia saca el papel doblado en cuatro partes que contiene el mensaje de Shao Li. Lo desdobla y se lo muestra con humildad al presentador, y acto seguido al gran ojo siempre abierto de la cámara que la persigue. Cuando por fin habla, las palabras le salen empobrecidas y roncas:

–Quisiera que alguien me tradujera esto; quiero saber qué pone aquí.

Mutis puro y duro. ¿Ha reconocido el público el papel que Natalia contemplaba en el soportal mientras se moría literalmente de frío?

–Es chino –insiste– y no lo entiendo. ¡Y es que me han entrado tantas ganas de entenderlo...!

Entonces el presentador se estira dentro de su traje de un montón de euros, se atusa el bigotazo, se ajusta el nudo de la corbata y luego proclama:

–¿Eso era? ¡Por supuesto! ¡Faltaría más! ¡Que traigan cuanto antes a alguien que traduzca el chino! ¡Buscad en el plató o fuera de él! ¡Revolved Londres o toda la Gran Bretaña, pero quiero un chino-parlante de inmediato!

–¡Yo! ¡Aquí!

En el graderío alguien se ha levantado. Un chino, ciertamente, un chino que ha acudido como espectador.

Tras descender al plató por unas escaleras igualmente esplendorosas, el chino toma el papel que el presentador le tiende y lo observa unos segundos. Luego estira la boca en una amplia sonrisa.

–Sel muy sencillo. Aquí pone: «Juntas pala siemple». Eso pone.

Juntas para siempre.

No podía ser de otra forma.

Y juntas han estado.

Y lo estarán.

Por siempre jamás.

¿Alguien lo duda acaso?

Seguramente nadie lo nota, pero a Natalia le tiemblan los labios cuando musita:

–Sí; siempre juntas, Shao Li.

Capítulo 12

¿Fin?

No, de ninguna manera.

Voy a contestaros a todas esas preguntas que seguramente os estaréis haciendo.

Pero todo a su debido tiempo.

Comencemos por el principio.

Cuando Yubire decidió presentar a Natalia al especial navideño de *Un minuto de gloria*, su economía estaba pasando por momentos delicados y cualquier inyección de dinero en su hogar sería bien recibida. No debe ser fácil sacar adelante sola a dos hijos y, además, desde hacía un tiempo, tenía una boca más que alimentar: Vlado, aunque no podía decirse que el hombre consumiera mucho, la verdad.

Como sabéis, Natalia acudió a las pruebas de selección, que consistieron, en su caso y entre otras cosas, en cantar la famosa canción china que había aprendido de Shao Li. Mientras tanto, un conjunto de psicólogos contratados para ello pudo captar el tipo de niña que era Natalia, la clase de madre que era Yubire, el modelo de familia que formaban y la necesidad que les había llevado hasta allí.

Y allí mismo fue donde los directores hablaron a Yubire y a Vlado de las verdaderas intenciones del programa.

No sería como los anteriores; es más, no tenía nada que ver con los otros.

En este, lo que menos importancia tenía era la actuación de la niña concursante, o sea, la canción.

La niña concursante sería abandonada en Londres y después perseguida en secreto y filmada.

Con las imágenes obtenidas se elaboraría el citado especial navideño.

«Hablamos de un *reality show* en toda regla –dijeron los directivos–, con una niña como protagonista, algo, hasta la fecha, completamente inusual».

Añadieron que pensaban disparar los índices de audiencia.

Y de esos índices de audiencia precisamente (traducidos a dinero), Yubire se llevaría un sabroso porcentaje.

La prueba de selección fue por tanto una tapadera, un engaño para Natalia que no imaginó la auténtica realidad del programa.

Lo de añadir la compañía de Airon surgió posteriormente, idea de algún alto mando del concurso que pudo observar durante las pruebas cuánto amor y dependencia mutua había entre los hermanos.

Yubire accedió a casi todo, siempre tentada y convencida por la voz persuasiva del dinero.

–¿Y si les pasaba algo grave mientras andaban perdidos y solos por Londres? –preguntaréis sin duda aquellos de vosotros que seáis más impacientes.

No podía sucederles nada verdaderamente grave; estaban protegidos a distancia, bien vigilados, y en caso de necesidad se hubiera incluso echado al traste la emisión. Eso quedó registrado en un contrato y sin esa cláusula bien clara, Yubire no hubiera aceptado.

Este punto y todos los demás se terminaron de fraguar por medio de correos electrónicos, correo postal y, por supuesto, de llamadas telefónicas.

Como se suele decir, Natalia sabía de la misa la mitad. O nada, para ser exactos.

En Londres, fue fácil perder a los dos niños. Heathrow es un aeropuerto gigantesco, casi siempre abarrotado y además se contó con la ayuda de numerosos actores «extras» para simular la muchedumbre alocada y la aglomeración.

Entre tanto, todo iba quedando rigurosamente filmado por unos hombres en cuyo sombrero iba camuflada una pequeña y precisa cámara.

–¿Los *pebis*?

¡Exacto! Y no podían dejarse escapar nada, tenían que estar ojo avizor. Después, todo el material filmado se emitiría recortado, ordenado, bien montado, en el especial navideño de *Un minuto de gloria* durante las dos horas previas a las ocho de la tarde, momento en que se llevaría a cabo, si todo marchaba como esperaban, la entrada triunfal de Natalia con Airon en el plató de grabación. A veces los *pebis* (vamos a seguir llamándolos así) se acercaban tanto que se dejaban ver; era inevitable. Pero resultó que Natalia, en vez de extrañarse y hacerse preguntas, huía de ellos y entonces se pensó que la circunstancia venía de perlas para la emisión.

Durante la noche, camuflados en la oscuridad, los *pebis* utilizaban cámaras de visión infrarroja, de tamaño algo mayor. Por ello, a esas horas algunos ya no llevaban sombrero. No lo necesitaban.

Hay que decir que los «extras» solo colaboraron en la escena de la estación de metro de Heathrow; el resto de las personas que apareció en la filmación estaba formado por seres reales que se hallaban dentro de sus entornos: los *Brothers*, el tabernero Sebas, los cabezas rapadas, la anciana bondadosa de los jardines de la noria... Ninguno sabía que estaba sirviendo como actor secundario a un programa de cámara oculta.

Y algunos de ellos nunca lo sabrán.

A veces costaba perseguir a Natalia y a Airon sin que los *pebis* levantaran sospechas y en ciertas ocasiones fue imposible la filmación: como en el interior de la barca donde durmieron, o en el vagón acristalado de la noria.

Y lo que no lograron conseguir fue grabar el sonido completo de sus voces, a pesar de los potentes micrófonos que llevaban y de lo mucho que a menudo se aproximaban. Por ello, en el montaje final, las conversaciones de los niños quedaron fragmentadas.

Así, no pudieron escucharse por ejemplo los cuentos que Natalia ideaba para su hermano con sus propias vivencias en el centro de acogida, lo que resultó un alivio para ella, pues según me contó, si se hubieran llegado a escuchar, se habría muerto de vergüenza.

En los intervalos sin voz, el presentador aportaba, vociferante, la suya.

Pero sí se oyó que Capi robó para comprar a sus amigos el tique de la noria. Ahora bien, cómo o dónde lo hizo permaneció en el más absoluto misterio.

Asimismo quedó grabado el sonido de los gritos y las patadas de la pelea en los jardines de la noria. E incluso al montar esa escena, se aportó ruido de golpes adicional para que al emitirla resultara sobrecogedora.

Parece ser que cuando sonó la sirena de la policía, los *pebis* estaban a punto de mediar en la pelea y socorrer a Capi, pero obviamente, ya no fue necesario.

También durante la proyección se oyeron claras, penetrantes, las rabietas del pequeño Airon.

Algunas veces hubo que improvisar. Por ejemplo: no estaba en el guión que Airon se alejara de Natalia en aquel jardín oscuro, cercano a la BALLOON'S, pero ya que lo hizo, se aprovechó para dar más dramatismo al episodio. En cuanto estuvo solo, los responsables del programa lo abordaron y engañaron, y se lo llevaron con la promesa de poder abrazar a su madre.

Pero eso no se proyectó, quedó en secreto (excepto para Vlado y Yubire), convencidos los directores de asegurarse con ello una buena escena posterior (acordaos de que el abrazo de los hermanos al reencontrarse en el plató puso al público en órbita).

Otras escenas tampoco se programaron, pues hubo que adaptar la filmación de los dos días a tan solo dos horas, la duración del programa.

Tal fue el caso del traspaso de la llave de los globos de manos de Natalia a manos de Airon. De ese modo, cuando en el plató se vio que Natalia no la tenía, con total sinceridad el auditorio se agitó (Vlado y Yubire incluidos, aquí sí).

Lo que sí se vio en cambio fue a Natalia buscando a su hermano desesperada, de noche, en unas calles vacías.

Fue ahí cuando Vlado quiso romper el pacto y actuar. Pero Yubire, con ruegos, se lo impidió.

A la vista de esas escenas, muchos espectadores lloraron.

Y sí, las calles se acordonaron y despejaron por orden de la emisión, y el edificio de la Balloon's apareció como un búnker cerrado y oscuro, pero eso Natalia no podía saberlo.

—¡Pero Vlado al final la rescató!

¡Correcto! ¡Y Yubire colaboró! Llegó un momento en el que no pudieron soportarlo más. Fue cuando vieron a Natalia rendirse, dejar de luchar. Creyeron, al verla inmóvil en el soportal, que la perdían. Por eso la rescataron. Solo que Vlado fue inteligente y no dejó que los premios prometidos se perdieran.

Y en cuanto a los premios, daba igual que se abriera una puerta u otra, todas contenían cosas de parecido valor. Era otra estratagema del programa pensada para enredar la trama, aumentar la intriga y, por lo tanto, la audiencia. Creyeron que Natalia dudaría, perdería el tiempo; o que correría y se precipitaría alocadamente de una puerta a otra; tal vez riñera con Airon debido al egoísmo frente a los premios revelando así ante todos su voracidad y su codicia; pero la jugada les salió mal y *Un minuto de gloria* tuvo que conformarse con la demostración de templanza y buena educación con que le obsequió Natalia.

–¿Y si no llega a abrir la puerta en la que ponía AMISTAD?, –os preguntaréis–. ¿Qué hubieran hecho con Capi?

Bueno, eso estaba contemplado y estudiado. Capi aparecería de todos modos, como una sorpresa extraordinaria de los responsables del programa.

Si Natalia se hubiera portado de otro modo, o si hubiera reaccionado ante los sucesos de manera distinta (dar parte a la policía de la desaparición de su madre, pongo por caso), esta historia no habría sido la que es, sino otra parecida, o totalmente diferente, imposible saberlo.

Y eso es todo.

Si pensáis que Yubire no actuó completamente bien, he de deciros que Natalia también tuvo ese pensamiento, pero la perdonó.

Ya de vuelta a casa, Vlado encontró trabajo. Desde entonces forma parte de sus vidas como esposo de Yubire, son una familia unida y Natalia y Airon han aprendido con facilidad a quererlo.

Capi aceptó la oferta de los de la tele y se trasladó a vivir en el antiguo centro de acogida de Natalia, al que por cierto, ella jamás regresó.

Al día de hoy, aún no se han separado.

Y puesto que se aproxima el final del relato, solo queda concluir la frase que dijo Natalia cuando me contó esta historia, su historia, y que yo dejé pendiente, ¿recordáis?, en la primera página que redacté.

La frase completa sería así:

–Escribe esta historia; los niños tienen derecho a saber hasta dónde pueden llegar los adultos por interés y ambición, logrando incluso ignorar los frágiles sentimientos infantiles.

Fin

—¿Y la cena? No nos has contado nada de la cena.

Ah, la cena. Fue estupenda, un verdadero festín. Llegaron a tiempo, no se enfrió. Pasad la página y encontraréis el menú, copiado de la tarjeta que encontraron sobre los platos y que Natalia todavía conserva.

MENÚ

STARTER - *Entrantes*

OYSTERS
(ostras en brocheta con beicon en dados).

CHICKEN BROTH
(sopa de pollo).

*

FISH - *Pescados*

HADDOCK
*(abadejo a la plancha fileteado
con mantequilla fundida).*

*

MEAT - *Carnes*

ROAST BEEF
*(buey asado con guarnición
de verduras y pudin Yorkshire).*

IRISH STEW
*(estofado de cordero al horno con jarabe
de jengibre acompañado
de rebanaditas de pan sin corteza
untadas con grasa de riñones
de ternera y queso Cheshire).*

*

DESSERT - *Postres*

PUDDING
*(pudin de fruta confitada
con compota de cerezas y ponche
de whisky y leche).*

APPLE PIE
*(pastel de manzana
con crema inglesa templada).*

ICED LEMON TEA WITH BROWN SUGAR
(té helado con limón y azúcar moreno).

ÍNDICE

Marisol Ortiz de Zárate

Reside en Vitoria, su ciudad natal. Su inclinación a la lectura la llevó a experimentar en el campo de la escritura y en 2002 publicó su primera novela: *Los enigmas de Leonardo* (Bruño, 2002). Le siguió *La cruz bajo la lengua* (Arte-Activo, 2007), y más tarde *Cantan los gallos* (Bambú, 2011), obras de temática histórica.

Aficionada a los viajes, se documenta *in situ* y recorre los lugares de sus novelas como si se tratara de conocer a un personaje. Es autora además de varios cuentos infantiles.

Su obra ha sido galardonada con varios premios de relato corto en diversos certámenes literarios.

Bambú Exit

Ana y la Sibila
Antonio Sánchez-Escalonilla

El libro azul
Lluís Prats

La canción de Shao Li
Marisol Ortiz de Zárate

La tuneladora
Fernando Lalana

El asunto Galindo
Fernando Lalana

El último muerto
Fernando Lalana

Amsterdam Solitaire
Fernando Lalana

Tigre, tigre
Lynne Reid Banks

Un día de trigo
Anna Cabeza

Cantan los gallos
Marisol Ortiz de Zárate

Ciudad de huérfanos
Avi

13 perros
Fernando Lalana

Nunca más
Fernando Lalana
José M.ª Almárcegui

No es invisible
Marcus Sedgwick

*Las aventuras de
George Macallan.
Una bala perdida*
Fernando Lalana

*Big Game
(Caza mayor)*
Dan Smith

*Las aventuras de
George Macallan.
Kansas City*
Fernando Lalana

La artillería de Mr. Smith
Damián Montes

El matarife
Fernando Lalana

El hermano del tiempo
Miguel Sandín

El árbol de las mentiras
Frances Hardinge

Escartín en Lima
Fernando Lalana